记不住的日子

肖复兴 著

新星出版社 NEW STAR PRESS

图书在版编目（CIP）数据

记不住的日子 / 肖复兴著 . -- 北京：新星出版社，2022.4
ISBN 978-7-5133-4821-8

Ⅰ.①记… Ⅱ.①肖… Ⅲ.①散文集－中国－当代 ②诗集－中国－当代 Ⅳ.① I217.2

中国版本图书馆 CIP 数据核字（2022）第 033886 号

记不住的日子

肖复兴 著

责任编辑：汪　欣
责任校对：刘　义
责任印制：李珊珊
装帧设计：冷暖儿

出版发行：	新星出版社
出版人：	马汝军
社　　址：	北京市西城区车公庄大街丙3号楼　　100044
网　　址：	www.newstarpress.com
电　　话：	010-88310888
传　　真：	010-65270449
法律顾问：	北京市岳成律师事务所

读者服务：010-88310811　　service@newstarpress.com
邮购地址：北京市西城区车公庄大街丙3号楼　　100044

印　　刷：	北京美图印务有限公司
开　　本：	889mm×1194mm　　1/32
印　　张：	10.5
字　　数：	185千字
版　　次：	2022年4月第一版　　2022年4月第一次印刷
书　　号：	ISBN 978-7-5133-4821-8
定　　价：	58.00元

版权专有，侵权必究； 如有质量问题，请与印刷厂联系调换。

目 录

1 | 自　序
6 | 藤萝架下
11 | 正欲清谈逢客至
16 | 冰雪的向往
22 | 契诃夫的预言
27 | 秋千袜子红棉袄
34 | 秋光依旧似春光
39 | 从写好一句话开始
50 | 小市莺花时痛饮
56 | 一片幽情冷处浓
62 | 黄昏时分
67 | 我们的距离
73 | 听歌三叠
85 | 礼花！礼花！
91 | 花儿为什么这样红
98 | 可爱的中国

105		重访林海音故居
110		三友图
117		孙犁和柳宗元
123		邮局！邮局！
133		玩具和游戏
141		无锡记忆
150		佛罗里达小记
154		绉纱馄饨
159		总有一些瞬间温暖远去的曾经
164		腊肠花
169		猫脸花
173		耦园听曲
178		小店木香
183		没有一丝风
189		父亲的虚荣
193		风催梅信又成寒
203		记不住的日子
207		荒原上的红房子
213		遥想洋桥今夜月
221		三马和二马
229		过年的饺子

236 | 冬果两食

243 | 过年五吃

249 | 栗香菊影慰乡愁

255 | 母亲的世界

263 | 北大荒过年

268 | 老手表史记

274 | 微不足道的相逢

280 | 起士林忆

284 | 千行墨妙破冥蒙

附录：格律诗70首

291 | 庚子画本自题

291 | 读竹久梦二

292 | 武汉封城周年

292 | 庚子文本自题

293 | 李文亮周年祭

293 | 辛丑大年初一记

294 | 破五偶思

294 | 过年杂兴

295 | 早春天坛即兴

295	细雨杂兴
296	七十四岁生日自题
296	读李斌巨幅油画《正义路一号》
297	春枝聊寄
297	读《聊斋》黄英篇
298	读《聊斋》葛巾
298	读《聊斋》王六郎
299	读《聊斋》王者
299	颐和园永寿斋白桃盛开即兴
300	复华十年清明祭兼寄青海诸友
300	自画自题
301	超美三妹寄孝感麻糖
301	拙政园十八曼陀罗花馆漫兴
302	偶见八年前和高高合影
302	过花市
303	花市上学路忆旧
303	立夏记梦
304	小京手抄诸友旧诗读后
304	五月杂兴
305	广州豪雨中闻袁隆平逝世
305	重到广州

306	怀陈仲甫
306	邱方新书读后以赠
307	初夏偶题
308	端午两首
309	夜梦和老朱龙云驱车长夜醒后感兴
309	想念高高得得
310	《永远的高三四续集》读后
310	六月夜吟
311	答德智兄长信
311	接小京《天坛六十记》读感见赠
312	读汪曾祺《岁寒三友》
312	七二零感赋
313	十七年前访西打磨厂旧片观后
313	德智张青夫妇来访感而成吟
314	题扎旗北京知青展览馆
314	黄昏吟
315	《我这九十年》读后并为束沛德先生九十寿
315	高万春校长五十五年祭
316	重到天坛时隔三个月矣
316	重到天坛（二）
317	白露梦记

317 | 颐和园桂花正开

318 | 辛丑中秋自吟

318 | 秋雨夜梦

319 | 秋雨漫兴

319 | 看小铁一家 2019 年回京相册

320 | 汇文中学一百五十年即兴

321 | 颐和园重阳前游记

321 | 送邓灿住养老院

322 | 旧书处理后记

322 | 天坛即兴

323 | 重游潭柘寺

323 | 高高十二岁生日

324 | 姐姐发来儿时旧照

324 | 辛丑初雪即兴

325 | 颐和园霁清轩小记

325 | 复华十年祭

326 | 《金瓶梅》读感

326 | 偶见旧友旧照

327 | 孙犁先生逝世二十周年有怀

自 序

2021年就要过去了。盘点一下这一年的生活与写作，不觉有些"乱书重理淡生涯"之感。

想去年，哪里也没去，一直闭门宅家。今年，开春去了山东潍坊、江南无锡和苏州，初夏去了东莞和广州，虽都是来去匆匆，走马观花，却终于出门透了透气。尽管疫情已经蔓延两年，世界依旧活色生香，大自然吃凉不管酸，该下雨时照样梅雨连绵，该开花时照样五彩缤纷。

除此之外，绝大多数时间，依旧闭门宅家，偶尔去天坛走走，更偶尔去了久违的颐和园和潭柘寺，便再无他处。在家里的日子，由作文、画画、写诗这样三重奏构成，尽管单调，过得起码自我感觉良好，日复一日，老驴拉磨，自以为充实一些。

作文，是从小的爱好，跟随我这么多年，不离不弃的伙伴，让过去的岁月并未远去，让今天的日子有些滋味。画画和写诗，则是退休以后新的操练，为打发寂寞的时间。诗，是学写旧体诗，主要学格律诗，格律诗中又主要是七律，集中一点，不计其余，是因为古典文学修养不足，可以集中精力学得稍微好一些。画画，则完全属于自娱自乐，毫无章法，亦无老师，画得不成样子，却极愿意煞有介事到户外速写，各种景色与人等扑面而来，跃然纸上，便物我两忘，悠然自得，归家时，回头一望，还常会莫名其妙地涌出一丝"却顾所来径，苍苍横翠微"的兴味。

我一直想把自己这一年的诗、文、画结集成一本小书。曾出版过不少散文集，大多是过去文章的合集，新旧杂陈，重复较多；或名曰新散文集，但因拖延时间过久，已无新蔬出泥之新了。能够编成这样一本散文集，一直是我的心愿。因此，非常感谢新星出版社，特别要感谢本书的责编汪欣女士的理解和支持，以最快的速度签约并出版此书，帮我完成此愿。

在这本小书中，诗、文、画三位一体，互为镜像，彼此映照，连理成枝。可以说，一年的生活，都在这里了。也可以说，是我的一本日记，雪泥鸿爪，即便歪歪扭扭，深深浅浅，却敝帚自珍，清晰地印下这一年的痕迹。

当然，诗、画只是配角，散文是主角。散文写作，我一直喜欢萧红、冰心、孙犁和汪曾祺前辈的文字。写这则自序时，我翻阅了孙犁先生1982年为人民文学出版社出版的《孙犁散文选》写的自序，他提出了关于散文写作的三点意见：一是质胜于文，质就是内容和思想；二是要有真情；三是文字要自然。这三点意见，看似有些老生常谈，但是，老生常谈并不都是陈词滥调，其对于今天的警醒之意，并未因其话老年陈而减弱。真正做到这样三点，并不容易。

在这则自序中，孙犁先生举了这样一个例子：

> 传说有一农民，在本土无以为生，乃远走他乡，在庙会集市上，操术士业以糊口。一日，他正在大庭广众之下，作态说法，忽见人群中，有他的一个本村老乡，他丢下摊子，就大惭逃走了。平心而论，这种人如果改行，从事写作，倒还是可以写点散文之类的东西的。因为，他虽一时失去真相，内心仍在保留着真情。

这个例子说得十分有意思，绵里藏针，颇含讥讽之刺，有些像是一则寓言。可以看出，孙犁先生所言的三点意见，真情最为重要。我们不少散文写得还不及这位落荒而逃的农民的行为，是因为我们还不如他知惭而羞，内心尚存一份真情。这是值得我警惕的。

希望在新的一年里,加倍努力,能写得稍微有些进步。

希望在新的一年里,在这本新书中和读者朋友邂逅相逢。

2021 年岁末于北京

Zuxing 2021.1.15.

藤萝架下

一个人喜欢去的地方，和喜欢的人一样，带有命定的元素，是由你先天的性情和后天的命运所决定的。朗达·拜恩在他的著作《力量》中，从物理学的角度解释这一现象时说："每个人身边都有一个磁场环绕，无论你在何处，磁场都会跟着你，而你的磁场也吸引着磁场相同的人和事。"

应该在"人和事"后面，再加上"景"或"地"。这种宇宙间的强力磁场，是人与地方彼此吸引和相互选择的结果。因此，每一个人都有自己的心灵属地。对于伟大的人，这个地方可以很大，比如郑和是西洋，哥伦布是新大陆。而如老舍，则是北京城；帕慕克，则是伊斯坦布尔。对于我们普通人，这个地方却很小。对于我，便是天坛之内，再缩小，到藤萝架下；然后，再缩小，直至这一个藤萝架下。

这是一个白色的藤萝架，在丁香树丛的西侧，月季园的北端。天坛有不少藤萝架，分白色和棕色两种，我觉得还是白色的好，春末时分，藤萝花开，满架紫色蝴蝶般纷飞，白色的架子衬托下，更加明丽。藤萝花谢，绿叶葱茏，白色的架子和绿叶的色彩搭配也谐调，仿佛相互依偎，有几分亲密的感觉，共同回忆花开的缤纷季节。冬天，如果有雪覆盖藤萝架，晶莹的雪花，把架子净身清洗过一样，让架子脱胎换骨，白得变成水晶一般玲珑剔透。

一年四季，我常到这里来，画了四季中好多幅藤萝架的画，画了四季中好多藤萝架下的人。它是我在天坛里的心灵属地。

记忆中，童年到天坛，没有见过这个藤萝架。其实，童年我没见过任何一个藤萝架。

第一次见到藤萝架，是我高三毕业那一年，报考中央戏剧学院，初试和复试，考场都设在校园的教室和排练厅里。校园不大，甚至没有我们中学的大，但是，院子里有一架藤萝，很是醒目。正是春末，满架花开，不是零星的几朵，那种密密麻麻簇拥在一起的明艳紫色，像是泼墨的大写意，恣肆淋漓，怎么也忘不了。春天刚刚过去，录取通知书到了，紧跟着"文化大革命"爆发，一个跟头，我去了北大荒。那张录取通知书，舍不得丢，带去了北大荒。带去的，还有校园里那架藤萝花，开在凄清的梦里。

第二次见到藤萝架，是我从北大荒刚回到北京不久，到郊区看望病重住院的童年朋友，一位大姐姐。一别经年，没有想到再见时，她已经是瘦骨嶙峋，惨不忍睹。童年时的印象，她长得多么漂亮啊，街坊们说像是从年画上走下来的人。不知道是童年的记忆不真实，还是面前的现实不真实，我的心发紧发颤。我陪她出病房散步，彼此说着相互安慰的话——她病成这样，居然还安慰我，因为那时我待业在家，还没有找到工作。医院的院子里，有一个藤萝架，也是春末花开时分，满架紫花，不管人间冷暖，没心没肺地怒放，那样刺人眼目，扎得我心里难受。紫藤花谢的时候，她走了。走得那样突然。

是的，任何一个你喜欢去的地方，都不是没有缘由的。那是你以往经历中的一种投影，牵引着你不由自主走到了这样一个地方。你永远走不出你命运的影子。那个地方，就是你内心的一面多棱镜，折射出的是以往岁月里的人影和光影。

我的两个小孙子每一次从美国回北京探亲，第一站，我都会带他们到天坛，到这个藤萝架下。可惜，每一次，他们来时都是暑假，都没有见到藤萝花开的盛景。这是特别遗憾的事情，不知为什么，我特别想让他们看到满架藤萝花盛开的样子。

庚寅暮春樓山紫藤
辛丑春書渭城

前年的暑假，他们忽然对藤萝结的蛇豆一样长长的豆荚感到新奇，两个人站在架下的椅子上，仔细观看，然后伸出小手小心翼翼地去摸，最后，一人摘下一个，跳到地上，豆荚一下子成为手中的长刀短剑，相互对杀。

转眼冬天又到了，再来到藤萝架下，叶子落尽，白色的架子，犹如水落石出一般，显露出全副身段，像是骨感峥嵘的裸体美人，枯藤如蛇缠绕其间，和藤萝架在跳一段缠绵不尽又格外有力度的双人舞，无端地让我想起莎乐美跳的那段妖娆的七层纱舞。

想起今年藤萝花开的时候，正是桑葚上市的季节，我用吃剩下的桑葚涂抹了一张画，画的是这架藤萝花，效果还真不错，比水彩的紫色还鲜灵，到现在还开放在画本里，任窗外寒风呼啸。

2021 年 12 月 20 日冬至前一日于北京

正欲清谈逢客至

一

正欲清谈逢客至，偶思小饮报花开。很多年前，在一家客厅的中堂对联读到它，很喜欢，一下子记住，至今未忘。后查《剑南诗稿》，放翁原诗句为"正欲清言闻客至"，但还是觉得对联中将言和闻改为谈和逢更好。

偶思小饮报花开，是想象中的境界，正要举杯小酌，花就开了，哪儿这么巧？这不过是文学蒙太奇的笔法，诗意的渲染而已。但是，正要想能有个人一起聊聊天的时候，这个人如期而至，或不期而至，尽管不常有，总还是会出现。过去有句老话，叫作：说曹操，曹操到。也有这层意思，只是没有这句诗雅致，而且，说曹操，可能只是一时说起，并没有想和曹操有交谈的意思在。

正欲清谈逢客至，这样的情景，是生活温馨的时刻，是人生难得的际遇。

二

读高一那年，学校图书馆的高挥老师，突然来到我家。上小学以来，读书九年，没有一位老师家访。高老师是第一位。

图书馆学生借书，填写书单，由高老师找好，从窗口借给你。高老师允许我进图书馆，在书架上自由挑书，在全校是破天荒的事情。为此，有同学和高老师大吵。我对高老师感到亲切，她比我姐姐大一岁，我很想和她说说心里话，没想到她突然出现在我家的时候，竟然说不出什么话来了。

高老师知道我爱看书，特意到家来看我。她不是我的班主任，没有家访的任务。当然，也不是家访。家访不会让我感到那样亲切，想让我和她说好多的话。

在窄小的家里，她看到我仅有的几本书，塞在一个只有两层的小破鞋箱上，委屈地挤在墙角，当时并没有说话。五十多年过后，前几年，我见到她，她才对我说起。我知道日后她破例打开图书馆有百年历史藏书的仓库，让我进里面看书；我去北大荒前，从她手里借的好几本书再未归还——都和这个小破鞋箱有关。

三

父亲去世后,我从北大荒困退回京,待业在家,无聊至极,整天憋在小屋里。母亲说我跟糗大酱一样,都快糗出蛆,劝我出去走走,找人聊聊天。找谁呢?我是回来很早的知青,大多数同学还都在全国各地插队的乡下。白天,大人上班,小孩上学,大院格外清静,我家更是门可罗雀。

有一个小姑娘来我家,她是邻居家的小孩,叫小洁,六岁,还没有上学。她手里拿着一本硬皮精装的书,把书递给我,打开一看,里面夹着的都是花花绿绿的玻璃糖纸。她从书里拿出几张不同颜色的玻璃糖纸,对我说:你把糖纸放在你的眼睛上,能看到不同颜色的太阳!然后问我:好玩吧?我知道,她是想和我一起玩,一起说说话。

我问她:你怎么有这么多的糖纸呀?她一仰头说:攒的呀!我爸我妈过年给我买好多糖,吃完糖,我把糖纸就都夹在这本书里了。说着,她让我看她的这些宝贝,书里面好多页之间夹着一张或两张玻璃糖纸,都快把整本书夹满了。每张糖纸的颜色和图案都不一样,花团锦簇,非常好看。我认真地一页一页地翻,一页一页地看,从头看到尾。

好多天,她都跑到我家,和我一起翻这本书,看糖纸，还不住指着糖纸问我：这种糖你吃过吗？我逗她摇头说：没吃过。她就说：等下次我妈再给我买，我拿一块给你尝尝。

几年以后，我搬家离开大院前，小洁跑到我家，要把这本夹满糖纸的书送给我。我连忙推辞。她却很坚决：我爸我妈总给我买糖，我的玻璃糖纸多的是！再说，我看出来了，你喜欢这本书里的诗。说完，她俏皮地冲我诡谲一笑。

这是一本诗集，书名叫《祖国颂》，中国青年出版社出的。

四

父亲是清早到前门楼子后面的小花园里打太极拳，一个跟头倒下，突然走的。那时，我在北大荒，弟弟在青海，姐姐在内蒙古，家里只有母亲一个人，孤苦伶仃，束手无策，正想找个人商量一下怎么办理父亲的后事，焦急万分地没着没落。就是这么的巧，老朱恰逢其时地出现在我的家里。

老朱是我的中学同学，一起到北大荒同一个生产队。他回北京休探亲假，假期已满，买好第二天回北大荒的火车票，临离开北京前到我家来，本是想问问家里给我带什么东西，没有想到母亲一把抓住他的手，面对的是母亲泪花汪汪的老眼。老朱安慰母亲之后，立刻到火车站退了车票，回来帮助母亲料理父亲的后事，一直等到我从北大荒赶回北京。

是的，这一次，不是我在家里正欲清谈而恰逢客至，是我的母亲，是比清谈更需要有人到来的鼎力相助。那一天，老朱如同从天而降，突然出现在母亲的面前，现在回想起来，简直是比书中或电影里的巧合还要不可思议。但是，就是这样：一触即发之际，才显示客至时情感的含义；雪中送炭，才让人感到客至时价值的分量；心有灵犀，才是放翁这句诗"正欲清谈逢客至"的灵魂所在。

2021年12月16日于北京大风中

冰雪的向往

冬天的冰雪,对于孩子是一个类似童话的世界。几乎没有孩子不对冰雪充满向往的,我想,这大概因为冰雪是白色的,晶莹洁净,没有污染,是人们尤其是天真未凿的孩子心灵世界的镜像。如果冰雪不是白的,而是像春花一样五颜六色,可能就不会有这样的感觉了。起码,对于孩子而言,便没有了对纯净童话世界的想象和向往了。再淡妆浓抹的涂饰,再姹紫嫣红的披挂,对冰雪都是不适宜的。造物者就是厉害,在花花世界里,派遣大自然给予我们的冰雪就是白色的,让我们得以清神明目,涤心净魂。

小时候,冰雪对于我,主要是玩,下雪结冰的日子,就是我的节日,可以在冰雪中撒开欢儿地玩了。打雪仗、堆雪人,自然是我最初的冰雪游戏,可以说,也是所有孩子认知冰雪的入门。这样的游戏，司空见惯，千篇一律，却几百年来延续不断，乐此不疲，成为最传统也最有生命力的冬天游戏。李白诗说"清风朗月不用一钱买"，冰雪和清风朗月一样，都是来自老天爷慷慨的赐予，对所有的孩子一律平等。即使如今儿童游戏已经高科技、电子化，花样百出，但没有一样可以和冰雪游戏相匹敌，就因为它是纯天然的游戏，接地气，没污染，有真正的童趣，方才去尽雕饰，无师自通，屡玩不厌，欢乐无穷。

上小学后，我用两根粗铁丝，绑在一块木板下面，做成简版的冰鞋，虽然粗陋，却很实用。那时候的北京，冬天的天气比现在冷，雪也比现在要多，雪后的街道结成厚厚一层冰，我的冰鞋便派上了用场，一只脚踩着它，另一只脚使劲儿蹬地，它便如船载我直奔学校而去。脚下生风，耳边掠风，是冰雪带给我的新玩法。可以说，是冰雪游戏中打雪仗堆雪人的升级版。

于我而言，冰雪真正有了质的变化，从单纯的游戏升华为艺术，是在小学五年级的时候，鬼使神差般，有一个星期天的下午，我走到王府井北口，往西一拐，看到有一座儿童剧院，正在上演话剧《白雪公主》，票价很便宜，便买了张票，走进去看了这场话剧。那是我第一次看话剧，第一次见到绛紫色的丝绒幕布缓缓拉开之后，炫目的灯光照耀的舞台上的冰雪世界，和我看见过的是那样的不同。尽管这出话剧的内容我早已经记不大清了，但舞台上美轮美奂的冰雪世界,总让我常常想起,觉得现实中的冰雪原来可以变成这等模样,艺术可以让冰雪点石成金呢。

青春时节,到北大荒,比起北京,那里的冰雪更为丰富,所谓千里冰封万里雪飘的壮观景色,到了那里才真正地见到。再想起在北京舞台上看见的冰雪世界,不过盆景而已。到北大荒第一年,十一国庆节那天上午,天空就飘起雪花,那时我正在场院上干活,眼见着雪花成群结队从天边迤逦飘然而来,并不是直接就落在头顶的。那阵势,甚是奇妙,既像白衣白裙跳着芭蕾轻盈而来,也像列兵成阵扬蹄呼啸而来。然后,才从四面八方奔至眼前,再看前面茫茫荒原上,魔术般变得一片皑皑。

在北大荒,我做的最壮观的一件事,是在小学校前的篮球场上,用井水浇了一块小小的冰场。那时候,我在队上当小学老师,带着学生在土制的冰场上滑冰玩。本来是心血来潮,没有想到,学生玩得很开心。北大荒的冬天,讲究的是"猫冬",都躲在屋子里,糗在火炕上,嗑毛嗑儿(葵花籽)消磨时间。有了这个冰场,孩子们可以跑出屋,多了一种玩的游戏。在北大荒,狗拉的冰爬犁很普遍,学生没有见过带冰刀的冰鞋,对爬犁却很熟悉,做起简易的小冰爬犁驾轻就熟。下课后,放学后,小小的土冰场便常常欢笑声四起,成为那时队上颇为引人注目的冬天一景。孔老二说有教无类,冰雪是有玩无类，不分地域国界，不分贫富贵贱，都是孩子们最好的伙伴。

我上大学很晚，是粉碎"四人帮"恢复高考的第二年，整整晚了十二年，青春早已经是挑水的回头——过（井）景了。班上的同学年龄很大，大家都经过磨难的历练，又都是自小喜欢文学与戏剧，童子功基础都不错，其他课程的学习没问题，唯独体育课有些力不从心。偏偏我们体育课的课程安排得花样繁多，教我们体育课的老师要求格外严格。学校离什刹海很近，四年体育课，夏天到什刹海游泳池游泳，冬天到什刹海冰场滑冰，便成了必修课。游泳还好，即使不会，可以在浅水池里泡着；滑冰不行啊，总在那儿坐着，很扎眼，老师就会走过来，催你下冰场学滑冰。于是，这些老大不小的同学便丑状迭出，在冰上连连跌跤，按照北京话说，不是摔得狗吃屎，就是老太太钻被窝儿，要不就是摔个大屁股蹲儿。不能怪大家，很多人不会滑冰，南方来的同学连冰雪都没真正见过。

那时，也是我第一次上这样正式的冰场。什刹海冰场小时候就有，可家里生活拮据，哪儿有钱到这里滑冰呀，玩的都是自己土法制作的木板绑铁丝的冰鞋，把大街上的马路当冰场而已。我也是第一次穿冰鞋，是那种花样冰刀的冰鞋，那么薄薄的冰刀，还那么高，踩在冰上能站得稳吗？我一边穿鞋，一边暗自思忖，生怕上冰场后，一样的跌倒露怯。没有想到，还真不错，上冰场之后，虽然摇摇晃晃，打了几个趔趄，但没有跌倒，居然在冰上滑了起来。绕着冰场转圈的感觉真好，风在耳畔呼呼地响着，仿佛响着《溜冰圆舞曲》的调子。冰和雪，从来对我都是那么友好。

十几年前，在黑龙江的阿城附近，那里离哈尔滨不远，有一个辽金国古城遗址，遗址旁边有一个挺大的滑雪场。参观完古城遗址后，来到滑雪场，是我第一次滑雪。正是雪后的清晨，雪场上的雪经过处理，很厚实，也很平滑，由于有长长的斜坡，阳光下，像斜放着一面硕大无比的镜子，雪地的反光和直射的阳光交织在一起，让整个滑雪场更显得晶光闪闪，如果不戴墨镜，真晃眼睛。

滑雪比滑冰难多了。穿上滑雪板，路都不会走了，起初，怎么也滑不起来，终于能滑起来了，没滑几下，就摔个大屁股蹲儿，滚得浑身是雪，狼狈得像个笨狗熊。但滑雪比滑冰好玩多了。尽管初次滑雪，远远赶不上小说《林海雪原》里少剑波、杨子荣带领战士穿林海跨雪原那样潇洒自如，更赶不上人家滑雪运动员的高山滑雪、单板滑雪那样精彩绝伦，但在雪上滑起来，真的有种飞起来的感觉，那时候，脚是轻的，身子是轻的，雪花托浮起你来，像浪花托浮起小船一样，腾云驾雾的感觉那样奇妙。心想，雪花那么的轻，轻得没有一点儿分量，居然可以有这样大的力量，托浮起那么多人在它们上面腾云驾雾。

便觉得，冰雪之中，所有的游戏品种，所有的运动项目，滑雪最高级。滑雪是滑冰的升级版。滑雪是勇敢者的运动。滑雪和大自然更为密切地融合，无论高山滑雪，还是跳台滑雪，必要在崇山峻岭之中，必要有浩瀚森林为伴，其雄浑辽阔的自然背景，便是最为浩瀚的观众席，任何一项体育比赛都难以匹敌，起码是冬奥会的华彩乐章。人类真是了不起，创造了夏季奥运会，又创造了冬季奥运会，将奥运会推向两极的制高点，创造了人类的奇迹，让人们在体育竞赛中认知冰雪，看清自己和世界。

我曾经当过整整十年的体育记者，采访过夏季奥运会，也采访过世界友好运动会、亚运会、全运会和很多单项国际比赛的运动会，唯独没有采访过冬奥会，成为最大的遗憾。冰雪是大自然给予人类的奇迹，冬奥会则不仅将冰雪推至奥林匹克运动的另一座巅峰，也将冰雪升华为一种令人憧憬和向往的艺术。北京，成为举办冬夏两季奥运会的城市，是非常了不起的。二十年前，北京申奥成功之后，我写过一篇《向往奥运》。今天，北京即将举办冬奥会，我写下这篇《冰雪的向往》。

2021年12月13日于北京

契诃夫的预言

如今城市的书店,两极分化:一类空间被挤得越来越逼仄,像北京大栅栏的新华书店,我小时候就在那里买书,现在虽然依然健在,却是在夹缝里求生存,一半书架上的书籍,被些杂七杂八的东西所蚕食;一类在资本的支持下走高大上的路线,成为网红打卡地,如临近大栅栏新华书店不远西河沿新开张不两年的"Page One",装修时尚而辉煌,书顶天立地地摆放,也成了装潢的一部分。大都市里,依托资本的支持,这样的书店不少,一般兼卖咖啡之类。灰姑娘和白雪公主,如此呈不对称的辉映,映射出如今书店的尴尬。

一座城市不可能没有书店。书店,既不是城市的宠物,也不是城市的乞儿。它本来无所谓大小豪华或简朴,而应该是宠辱不惊,哪怕白天无人光顾,夜晚一灯如豆,即使谈不上纪晓岚说的"灯如红豆最相思",总还是能给人一点儿温暖。记得有一年我到江南海盐小城,夜晚,在僻静深巷一个不大而简陋的书店里翻书,一直到书店里的人都走光了,只剩下店员(也可能是老板)一人,最后,我买了一本黄裳的老版旧书《旧戏新谈》,早已经到了打烊的时间,我前脚离开,人家就关上店门,上好窗板。店里闪烁的橘黄色的灯光,让我感到亲切,至今难忘。

如今,越是城市角落里鸡毛小店一样的书店,越是难以为继。不少这样的书店,不是已经无奈地关门改作他用(北师大附近那家有名的"盛世情"书店,尽管多方努力,几经周折,还是被迫关门了),就是如大栅栏的新华书店一半改卖杂货,所谓"堤内损失堤外补"。北京前门外大街,沿前门楼子一路往南到珠市口,一里多长的街道两旁,一直到二十世纪九十年代,还有三家书店存在。如今,一家不剩。重游故地,有时会想,还不如大栅栏里的新华书店,尽管一半卖杂货,毕竟还残存一半在卖书,聊胜于无。

前两天,读契诃夫的小说,在《契诃夫小说全集》第八卷,偶然读到《一家商号的历史》。小说不长,讲的是一个叫安德烈的人得到母亲一笔遗产,准备开一家书店,便租下一座房子,从莫斯科进了一批新旧各类书籍,陈列在架,开门揖客。谁想,开张三个星期,没有一个人进门买书。好不容易来了一个姑娘,却要买两分钱的醋。安德烈生气地说:小姐,你走错门了!以后,进门来的客人,都不是来买书,而是要买各种各样的生活用品。无奈的安德烈,为了生存只好屈从,从莫斯科进这些生活用品。这些东西卖得不错,安德烈得陇望蜀,把隔壁的杂货铺也盘了下来,在中间的墙上凿开一个门,两家店合成一家,扩大地盘,索性都卖杂货。而且,安德烈又盘进一家酒馆。杂货,酒水,比书更能让小店存活。

最有意思的是这样两处。一处是安德烈新进杂货上架的时候,不小心碰得架子摇晃起来,最上面一层架子上摆放的一位文学名家的十卷本文集滚落下来,砸在他的脑袋上,砸碎了两盏灯罩。最后,他把架上的那些书,打捆论斤都卖掉了。

另一处是小说的结尾。书店变身为杂货店之后,有旧日的朋友忽然跟他谈起文学和书籍报刊的时候,他眯起眼睛,摆弄胸前的表链说:"这种东西跟我不相干。我是干比较实际的工作的!"

读完契诃夫的这篇小说,我想起我们的书店,竟然有着如此相似之处。这是契诃夫 1892 年的作品,早在 129 年前,契诃夫就已经预言我们不少书店的命运。不是渐次引入各种生活用品(我们现在再多一点文创产品),开设小酒馆(我们是咖啡馆),便是改弦更张,让书店变成杂货铺,乃至彻底消失。对于书店的认知转换,安德

武汉昙华林老张艺舍 FuxinG 2021.7.27.雨中

烈从最初说人家是走错门，到最后自诩为卖杂货才是实际工作——其实也是我们对于书店的认知转换，在实际实用和实惠的价值系统中，书自然沦为杂货不如的货物。书砸在我们的头上，再正常不过。

当然，也不能归罪于书店的老板。安德烈最初办书店的美好愿望，在现实生活中碰壁，应该是很多个体书店小老板的命运写照。即使是大书店的大老板又能怎么样呢？在网络的冲击下，纸面阅读遭受空前未有的滑坡；而网上销售，更是对实体书店的一个致命打击。这是全世界的问题。以美国为例，实体书店是由大的连锁店和小的独立书店构成。连锁店一般实力雄厚些，独立书店则由于是个体经营，本小利微，面临的挑战更为严峻，很多家书店都已经倒闭，其中连锁店主要是巴诺（Barnes and Noble）和鲍德斯（Borders）两家，前几年，鲍德斯已经倒闭，如今巴诺是硕果仅存的一家。疫情冲击之下，其命运更是可想而知。

契诃夫真的是厉害，未卜先知，预言一百多年后书店的命运。如今，不愿意将书店变身杂货铺，而仍然坚持卖书同样是干实际工作理念的书店，是了不起的。这个实际的工作，不仅关乎我们的日常生活，更关乎我们的精神和心灵。

2021年12月2日于北京

秋千袜子红棉袄

—— 孙犁读记

孙犁的《红棉袄》，写一个十六岁的农村姑娘。抗战期间，患有打摆子重病的八路军战士，突然来到她家。这时候，家里只有她一个人，她一个女孩子，该怎么样面对这突然到来的一切，去照顾瑟瑟发抖、不住呻吟、身子缩拢得越来越小的男战士？

她是热爱八路军的，面对这样的八路军战士，她是一定要表达热爱之情的。该怎么表达呢？怎么才能表达得贴切而感人？这是衡量作者文学写作的能力，更是衡量生活感受的能力，孙犁没有写别的，只是着重地写了她脱下自己的新棉袄——是在这一天早晨才穿上的崭新的红棉袄，给战士盖上。她用这件看得见的新红棉袄，表达出了看不见的心情和感情。

可以设想，如果没有这件红棉袄，光是说她怎么样烧炕取暖，怎么样烧水做饭，怎么样体贴入微说着关心的话语，能有这件红棉袄更突出小姑娘的形象吗？

这件新的红棉袄，并没有再做铺排渲染，而是点到为止，戛然而止，如万绿丛中一点红，留白，不做层林尽染全画幅的描画。以小博大，便有了四两拨千斤的足够力量。状物写心，心，便有了真切生动的体现。

孙犁先生的《秋千》，运用的也是这样的写法。

写的还是一个姑娘，十五岁，比《红棉袄》里的姑娘小一岁。日本鬼子烧毁了她家的房子，爹娘早死，从小吃苦，但是，她有个爷爷，曾经开过一家小店铺，有几十亩的地，农村定成分的时候，有人提起她爷爷的陈年旧事，要定她成分为富农地主。她一下子委顿了，和她一起的女伴也跟着她一起失去了往日的快活，纷纷替她鸣不平。最后，她爷爷是她爷爷，属于上一辈的事，她被定为普通农民。立刻，她和女伴恢复了往日的快活。那么，这快活劲儿怎么写？因为这关系着她和她的这一群女伴的形象。仅仅说她们都很快活，快活得蹦了起来，叫了起来，然后激动得流下眼泪，行吗？这是我们常常爱表达的方式。如果说不行，有什么方法可以让这快活形象生动起来呢？

如同《红棉袄》里的红棉袄，孙犁先生用了"秋千"这一形象化的象征物，作为她们心情和形象的载体，一下子，便好写，也容易写得生动了。只不过，比起红棉

袄的点到为止,这一段的秋千多了描写,有人有景,有心情有场面,有主客观两方面的镜头,便一扫以往的阴霾,那样的明亮起来:

> 她们在村西头搭了一个很高的秋千架。每天黄昏,她们放下纺车就跑到这里来,争先跳上去,弓着腰往上一蹴,几下就能和大横梁取个平齐。在天空的红云彩下,两条红裤子翻上飞下,秋千吱呀作响,她们嬉笑着送走晚饭前这一段时光。
>
> 秋千在大道旁边,来往的车辆很多,拉白菜的,送公粮的。戴着毡帽穿着大羊皮袄的把式们,怀里抱着大鞭,一出街口,眼睛就盯着秋千上面。其中有一辆,在拐角的地方,碰在碌碡上翻了,白菜滚到沟里去,引得女孩子们大笑起来。

试想,如果没有这样的秋千出场,女孩子的心情和形象还会这样鲜明生动吗?有了秋千,不用多说了,女孩子的心情和形象,都在秋千上面闪现,要不也不会有那么多的车把式观看,更不会有人翻车了。在孙犁先生早期作品中,爱用这种红棉袄和秋千的小物件,找到了它们,他写起来便顺畅,我们读起来就生动。可以说,这是探寻孙犁先生早期作品写作轨迹的一条路径,我们不仅可以学到写作的方法,更可以触摸到孙犁先生的情

29

思与心路。

《山地回忆》比起前两则写作时间晚些,是1949年12月新中国成立之初写的一段战时回忆,写的还是一个小姑娘,比《红棉袄》里的小姑娘大一岁。在这篇散文里,主要写这个小姑娘的性格,以性格展现美好善良的心地,以及对抗日战士的感情和对战争胜利的渴望。

性格不是抽象的,不能只用天真可爱倔强或巧手能干这样的形容词完成对性格的刻画。性格,要在具体事情的进展中展现,在人物的接触乃至矛盾冲突中展现。这样来写,性格便不会是抽象概括出来的词,而变成了一种行动。在我的理解里,性格不是名词,也不是形容词,而是一个动词。也就是说,要想把人物写生动,得让人物动起来。

仔细分析一下,孙犁先生的这篇《山地回忆》,是如何以行动写人物的。这条行动线,是非常清晰,也是非常生动有趣的:

冬天的早晨,"我"到河边凿破河面的冰,正要洗脸,听见下游有人冲"我"喊:"你看不见我在洗菜吗?洗脸到下边洗去!"喊话的人,就是这个小姑娘。未见其人,先闻其声,是和《红楼梦》里快人快语的王熙凤出场一样的写法,小姑娘也是个泼辣的人。

"我"和小姑娘的争吵。小姑娘出言不逊,骂了"我"。

"我"生气地转过身走,看见小姑娘穿得单薄,手冻肿了像红萝卜，抱着一篮子的杨树叶在洗，知道这是她家的早饭。这一笔描写很重要，是"我"和小姑娘矛盾转化的关键。艰苦战争中军民连心的心情，是通过这样的细节表现的。

"我"一下子心平气和了，让她到"我"这里洗菜。她却故意斗气地说：你在那里刚洗了脸，又让我去洗菜！"我"已经理解了小姑娘，听她的话没有生气，相反笑着说：我在这里洗脸，你说我弄脏了你洗的菜；我要你到这里来，你还说不行，要我怎么办？

小姑娘往上面走，去洗菜，冻得双手插进衣襟里取暖，回过头来冲"我"笑。看，写的全是动作。即使不说话，可爱的小姑娘的形象，已经生动地浮现在我们的面前。

两人依然斗气，小姑娘讽刺"我"是假卫生时，看见"我"赤着脚，没有穿袜子，接着讽刺说，光着脚，也是卫生吗？

小姑娘对"我"说，要给"我"做一双布袜子。

这段河边邂逅，在这里达到高潮，便也在这里恰到好处地戛然结束。这是一段类似民间戏曲里《打樱桃》的写法，风趣的冲突中，透露出小姑娘泼辣风趣的性格，从洗脸洗菜的矛盾到矛盾的和解，到不依不饶的斗嘴，一步步地推进到做袜子的高潮。小姑娘的性格，是这样一步步展现出来的，自然妥帖，生动可爱。

在这里，袜子的出现，很重要，是高潮的结晶，也可以说是让高潮不仅有声有色，而且有了看得见摸得着的具体体现。所谓山地回忆，回忆的重心，便是袜子。袜子没有出现，这段描写便失去了焦点，就像戏曲里的《打樱桃》，如果没有了樱桃，那个小姑娘的戏也就没法唱了一样。这双袜子，是小姑娘性格和心地的象征物，最后在她的性格突出之处打上一圈聚光灯明亮的光晕。

在物资匮乏的战争艰苦环境中，做袜子并不是一件简单的事情。做好袜子的时候，小姑娘对"我"说：保你穿三年，能打败日本不？风趣的性格，依然是借助袜子表现出来的。

1945年，抗战胜利，"我"在黄河中洗澡，奔腾的河水冲走了"我"所有的衣服，包括这双袜子，孙犁先生涌出这样的感喟："黄河的波浪激荡着我关于战后几年生活的回忆，激荡着我对于那个女孩子的纪念。"这是一种抒情，但并不是空泛的抒情，因为有这双袜子，抒情便也有了坚固的基石。这座基石，便是小姑娘的形象；这双袜子，便是小姑娘形象的象征载体。也就是说，想起这双袜子，就想起了小姑娘；想起小姑娘，就想起了这双袜子。

袜子，和秋千，和红棉袄，都是孙犁先生写作筋骨和情感脉络的载体。读到它们，我们便也就想起了孙犁先生。

2021年11月24日写毕于北京

颐和园 秋水亭 auxing 2021.10.12.

秋光依旧似春光

收到束沛德先生题赠的新书《我这九十年——文学战线"普通一兵"自述》(人民文学出版社2021年8月版),一口气读完。这里有我熟悉并认为重要的《我当秘书的遭遇》《我也当过炮手》《难忘菡子》等篇章,也收录了我未曾读过的不少新作。全书分为"我与作家协会""我与儿童文学""我的良师益友""我的笔耕生涯""我的亲情家风""我的夕阳时光"六辑,以"我"为主角,雪泥鸿爪,串联起文学与人生的九十年轨迹。读后,有一种翻阅九十年厚重老相册的感觉,落花流水,蔚为文章,须眉毕现,栩栩如生。今年,正好是束沛德先生九十大寿,这本书无疑是最好的生日礼物。

十九年前,我读过束沛德先生《龙套情缘》一书,对他回顾历史时直面自己良知的坦诚心地,和始终不忘滴水之恩的真挚品格，感怀尤深。如今，读到这本新书。束沛德先生对于儿童文学一往情深的感情，弥漫在这本书中，书便如风雨故人，即便多年未见，依然如十九年前读他的书一样亲切。长期以来，在儿童文学领域，他集领导者、组织者、观察者、评论者和建设者于一身，这样的角色迄今无人可及，说束沛德先生如同儿童文学园地的一棵大树，浓荫之下，庇护并培养了几代儿童文学作家，大概他是不会同意的，因为他从来都是谦逊的，平易的。在这本书中，他不止一次称自己是跑龙套的、打杂的，是散兵游勇。这是他对于一生钟爱的儿童文学最朴素真实的感情，也是最让我感动的真诚感情。

这本书中有一篇《自白与自勉》，写到在编辑《束沛德谈儿童文学》一书时，他坚持用"谈"字，而不用"论"字。他说："书名用'谈儿童文学'而不用'论儿童文学'，是经过一番推敲的。这样量体裁衣，更切合实际。"这个例子，很能说明束沛德先生对于自己所处的角色和所做的工作的基本认知、态度和感情，他把身段拉得很低，不愿意做振臂一呼高悬于上的姿态，与这本铅华洗尽的新书的风格很是吻合。

不过，在论及儿童文学观时，他的态度是异常明确，旗帜鲜明的。

为谁创作：他说儿童文学是为我国"三亿六千万儿童的"。

创作标准：他说"以情感人，以美育人"，这是"儿童文学的艺术特征和功能。"

作家要求：他说"儿童文学作家要永葆童心。失去童心，失去童年生活对自己的馈赠，就可能捕捉不到生活中的美和诗意，捕捉不到孩子们独特的情感、心理、想象"。

这样三位一体的原则，构成了他几十年以来稳定的儿童文学观，对于今天繁荣也有些乱花迷眼的儿童文学现状，尤其具有明心醒目的作用和意义。

在这本书中，我不仅看到他对儿童文学的感情，还看到他对师友们的感情，更看到他对普通作者的感情。为德高望重的前辈或名成功就的晚辈所书写的文章，很容易是锦上添花，肥肉添膘，或沦为客情站台式的敷衍和吃喝。在这本书中，难得将这样两者文章写得都出自真情，平实而感人。特别有一则《一本诗集联结了我们仨》写与一位几十年从未谋面的业余作者的感情，朴实无华，却令我感喟。1956年6月，中国青年出版社请他为一位志愿军战士蔡庆生的诗集《告诉我，来自祖国的风》做初审和编选工作。诗集出版了，他将这本诗集保留至今，并在耄耋之年和蔡庆生终于联系上。要知道，这前后经历了六十余年漫长的岁月，从青春年少到白发苍苍，这六十余年里，又经历了多少迁徙颠簸和动荡，作者又不是自己的熟人或亲人，能将一本薄薄的诗集珍存至今，并不是什么人都可以做到的。足见束沛德先生是重情重义之人，是心地细腻之人。艺术就是感情，虽然这是罗丹曾经说过的经典之语，但如今包括文学在内的艺术，虚假和浮泛的感情之作，作者的感情和作品的割裂，并非个例，读束沛德先生这样的真情文字，怎不让人想起眼花缭乱的现实。如果说，在束沛德先生长期耕耘的儿童文学领域中，能清晰看到他为文的性格和品格；在这样看似小的细节方面，更能从另一个真实的侧面，看出他为人的性情和心地。我觉得这已经蔓延于文学之外，人品与文品互为镜像，方才尤为让我感佩和敬重。

读这本书"我的亲情家风""我的夕阳时光"两辑的新篇章，使我更多地了解了他人生的立体多侧面。读《相见时难别亦难》，品味出他与亲人之间的缱绻之情；读《童年记趣》，谁能想到这样一位温和的谦谦长者，当年曾经站在八仙桌再加一把椅子上面，学京戏武生的范儿，不管祖父的呵斥，吃凉不管酸，一下子从上面跳将下去？也许，拥有这样的童年经历，命运才会让他与儿童文学结下一辈子的不解之缘吧。

还有一篇《退休23年来辞旧迎新日记》，最为别致，记录了从1998年到2020年二十余年每年最后一天的年终小结，生活、写作、家人、朋友、居家、旅行、患病、医疗等方方面面，点点滴滴，删繁就简，清晰而情趣盎然地留下他的履痕与心迹。作为散文文体的写作，颇具新意，日记体的见过，这样的穿珠成串、蒙太奇式的拼接闪回，起码我是没见过。2004年12月31日，他写道："晚上做了干贝三丝、清蒸桂花鱼等菜肴，一家人举杯共祝新年好。"2012年12月31日，他写道："我和崑身体、精神还算好，生活能自理；我俩乘公交车先后探望了几位病中的老同事，朋友。"2014年12月31日，他写道："读李东华的《少年的荣耀》，已读了三章，60多页。"都是新年前夕这一天，三组镜头特写：亲自下厨，探望病人，阅读年轻作者的新书。这样三件并不为大的事情，对于年轻人算不得什么，可不要忘了，束沛德先生已经是年迈的老人，我看到的是年迈的束沛德先生对生活一如既往的热情，对友人一如既往的情谊，对年轻作家一如既往的关注。这是三幅活色生香温馨蕴藉的画面。

这是画面，是品性，是情感，是心地，远超越于儿童文学的天地，可以影响读者，影响作者，起码影响我。布罗茨基说："一个诗人的影响，就是一种放射和辐射，它会传递一代人和两代人。"束沛德就是这样的诗人，他用他的文字，他的工作，更用他的心地、感情和精神，影响着我们。我相信，他会将这样的影响，传递给一代人和两代人的。因为这样的影响，也是从他的上一代那里传递给他的。在这本书中，他不止一次地提到了赵景深、严文井、沙汀、远千里、菡子等无数人。

2021年11月16日写毕于北京

从写好一句话开始

写好一句话，不那么容易。美国作家安妮·迪拉德，在她的《写作生涯》一书中说："喜欢句子，就能成为一个作家。"可见，写好一句话，对于一个作家是多么的重要。我国古典文学有炼字炼句的传统，只是，我们这一代的写作，由于古典文学方面缺乏学养；又由于外语水平的局限，受翻译作品中欧化句式的影响；再加上多年政治语式的潜移默化；以及如今网络和手机微信短平快的影响，萝卜快了不洗泥，更注重的是一篇文章、一本书的快马加鞭。一句话，谁还会那么在意？

举几个例子。

比如写夕阳。波兰诗人亚当·扎加耶夫斯基这样写："沉重的太阳向西闲逛，乘着黄色的马戏团马车。"

比如写浆果的颜色黑。还是这位亚当·扎加耶夫斯基这样写："浆果这么黑，夜晚也羡慕。"

比如写衣服口袋多。法国作家马塞尔·帕尼奥尔这样写："于勒姨父却像商店橱窗那样，浑身上下挂满山鹑和野兔。"

比如写星星。契诃夫这样写："天河那么清楚地显出来，就好像有人在过节前用雪把它们擦洗过似的。"

比如写土豆，郭文斌这样写："每次下到窖里拿土豆，都有一种特别亲切的感觉，像是好多亲人，在那里候着我。""饭里没有了土豆，就像没有了筋骨。"

比如写沙枣林，李娟这样写："当我独自穿行在沙枣林中，四面八方果实累累，拥挤着，推搡着，欢呼着，如盛装的人民群众夹道欢迎国家元首的到来。"

比如写野鸡，张炜这样写："老野鸡在远处发出'克啦啦，克啦啦'的呼叫，可能正在炫耀什么宝物。"

比如写道路，于坚这样写："大道，亮晃晃的像一把钢板尺，水泥电杆像刻度一样伸向远方。"

如果将这八句话写成这样子——

夕阳落山了。

浆果这么黑。

衣服口袋真多。

星星闪烁。

我最爱吃土豆，每顿饭都离不开土豆。

沙枣林里果实累累。

老野鸡在远处呼叫。

大道伸向远方。

我们见到的很多文章很多书中，都是这样写的，司空见惯，见多不怪，见而无感。我们甚至还会认为这样简洁，朴素。我们就会发现，写好一句话，还真的不那么简单呢。简洁，不是简单；朴素，不是无味。同样写一句话，写得好，和写得一般，是那样不同，一目了然。写得一般的，干巴巴的，自己看了都没什么兴趣；写得好的，那么生动活泼，自己看了都会兴奋。口水般的一句话，和文学中的一句话；白开水或污染的水一般的一句话，和清茶或浓郁咖啡一般的一句话；风干的鱼一样的一句话，和捷鳍掉尾一样鲜活的鱼的一句话，是有质的区别的。

一篇好的文章，一本好的书，固然在于整篇文章和整本书的思想和谋篇布局中的人物情节乃至细节诸多元素，但所有这一切都离不开一句话。当然，话和话相互之间是密切联系的，如水循环在一起，不可能单摆浮搁，但都是离不开写好一句话这样基本的条件，才能使其达到最终的构成和完成。过去，常说的一句话是，细节是文学生命的细胞。其实，每一句话，同样也是其必不可少的细胞，或者说两者如同精子和卵子一样，结合一起，才能诞生生命。

再举几个例子。

比如写阳光。巴乌斯托夫斯基在他的《一生故事》中这样写:"太阳光斑被风吹得满屋跑来跑去,轮流落到所有的东西上。"

迟子建在她的新书《烟火漫卷》中这样写:"路旁的水洼,有时凝结了薄冰,朝晖映在其上,仿佛在大地上做了一份煎蛋,给承受了一夜寒霜的他们,奉献了一份早餐。"

比如写月光。诗人阿赫玛托娃在《海滨公园的小路渐渐变暗》中这样写:"轻盈的月亮在我们头上飞旋,宛如缀满雪花的星辰。"

韩少功的《山南水北》中则这样写:"听月光在树林里叮叮当当地飘落,在草坡上和湖面上哗啦啦地拥挤。"

阳光月光这样司空见惯而且在文学作品中最常出现的景物描写,这几位作家各显神通,写得花样别出,生动鲜活,避免了阳光灿烂似火、月光皎洁如水的陈词滥调。陈词滥调惯性的书写,其实和官员的懒政一样,是文人的"懒文"。如果不是,便是才华的缺失。

再看同样是写水的涟漪。

韩少功这样写:"你在水这边挠一挠,水那边也会发痒。"

诗人大解这样写:"河水并未衰老,却长满了皱纹。"

孰优孰劣,写法不同,读法不同,结论自然不一样。在我看来,诗人显得多少有些为文而文,而韩少功则少有斧凿之痕。

还看韩少功,他写白鹭:"在水面上低飞,飞累了,先用大翅一扬,再稳稳地落在岸石,让人想起优雅的贵妇,先把大白裙子一提,再得体地款款入座。"

再看迟子建写灰鹤:"一只灰鹤从灌木丛中飞起,像青衣抛出的一条华丽的水袖。"

同样写鸟,两位不约而同地将鸟比喻为女人,不过一个是生活中的贵妇,一个是戏曲里的青衣;一个是"大白裙子一提,再得体地款款入座",一个是"抛出的一条华丽的水袖"。都富有画面感,也异曲同工。为什么异曲同工?因为还是没有完全跃出我们的思维定式。

再来看看秋天的树叶,比较一下迟子建、周涛和叶芝三人是怎么写的,会觉得很好玩。

迟子建这样写:"深秋的树叶多已脱落,还挂在树上的,像缝纫得不结实的纽扣,摇摇欲坠,一阵疾风吹起,牵着它们最后的线,终于绷断了,树叶哗啦哗啦落了。"

周涛这样写一个女孩子看一枚落叶:"金红斑斓的,宛如树上的大鸟身上的一根羽毛。她透过这片叶子看太阳,光芒便透射过来,使这片秋叶通体透明,脉络清晰如描,仿佛一个至高境界的生命向你展示它的五脏六腑。"

爱尔兰诗人叶芝这样写:"落叶不是从树上,而是从天上的花园里落下。"

三句话，哪句好，你更喜欢哪一句？

我这样问过几位读者。他们说都好，都喜欢。问为什么？他们告诉我——

把叶子比喻成"缝纫得不结实的纽扣"，新鲜，好玩。

把落叶比喻成"树上的大鸟身上的一根羽毛"，也挺好，更好的是又透过这片叶子看太阳，光芒便透射过来，看见了叶子里面叶脉的五脏六腑，更好玩，叶子也有五脏六腑，阳光不成了透视机了嘛！

第三种，叶子不是从树上落下来的，是从天上的花园里落下来的，更美，充满了想象！

三句话各自的妙处，他们都看到了。如果说我的读后感，写落叶像羽毛，阳光让它通体透明，是客观的描写；写叶子像纽扣，一阵风就能把它吹落下来，有主观的心情在；写落叶来自天上的花园，则完全是浪漫诗意的想象。

再看写喜欢，这也是文学作品中常常出现的一种心理描写——无论是喜欢物还是喜欢人。乔伊斯《阿拉比》中写一个小男孩喜欢邻居的一位大姐姐："我不知道自己会不会和她说话。这时，我的身子好似一架竖琴，她的音容笑貌宛若拨动琴弦的纤指。"看，乔伊斯没有用"喜欢"这个词，却将小男孩喜欢这位大姐姐的心情写得惟妙惟肖，用的方法就是一个比喻句，只不过这个比喻很新颖。

贾平凹《商州》中写他看到一根像琵琶的老榆木树根，尽管太大太沉，还是喜欢得不得了。但是，他写这句话的时候，不写"喜欢"二字，而是说："就将在村子里所买的一袋红薯扔掉，把这琵琶带回来了。"

他们都有意识地避免了"喜欢"这个抽象的词，一人用了个比喻，一人用了个动作，便都将看不见的"喜欢"那种心情，变得看得见，摸得着了，便也都避免了如何如何"喜欢"的形容词的泛滥。

写好一句话，确实不容易，要不老杜也不会那样感叹：为人性僻耽佳句，语不惊人死不休！好的作家，无不会有这样的感叹，甚至这样的梦想，努力让自己写好一句话，写得不同凡响，与众不同。

记得多年前读余华长篇小说《在细雨中呼喊》，他写主人公的父亲，写了这样的一句话："浑浊的眼泪让父亲的脸像一只蝴蝶一样花里胡哨。"用的是蝴蝶的比喻。写一条叫作"鲁鲁"的狗的一句话，用了蝴蝶结的比喻："这是我第一次听到了鲁鲁的声音。那种清脆的能让我联想到少女头上鲜艳的蝴蝶结的声音。"

余华如此钟情蝴蝶以及形似它的蝴蝶结，两次借用它们作描写，都非常新奇大胆，很吸引人。把脸比作蝴蝶，把声音比作蝴蝶结，我还从来没有见过这样的比喻，这样的形容。试想一下，如果把这两句话写成这样："浑浊的眼泪挂在父亲脸上。""这是我第一次听到了鲁鲁的声音,那么清脆。"一下子,将描写变成了陈述,去掉了蝴蝶生动的比喻和通感,句子自然就干瘪无味了。就好像汽水里去掉了二氧化碳所形成的气泡,就和一般的甜水没有什么区别了。

这样的一句话,我想起布罗茨基,他形容英国诗人奥登家的厨房,只是写了一句简单的话:"很大,摆满了装着香料的细颈玻璃瓶,真正的厨房图书馆。"

他形容地平线,是一句更为简单的话:"这样的地平线,象征着无穷的象形文字。"

厨房和图书馆,地平线和象形文字,同脸与声音和蝴蝶一样,完全是风马牛不相及的,他却将两者联系在一起,像两组完全不同的蒙太奇画面拼贴在一起,达到了奇异的效果,让我们充满诡谲的想象,而不只是会说摆满厨房里的那些调味瓶,整齐排列成阵;遥远的地平线,和天边相连的地平线,这样写实的厨房和地平线。后者,属于照相;前者,属于文学。

也想起汪曾祺写井水浸过后的西瓜的凉:"西瓜以绳络悬于井中,下午剖食,一刀下去,咔嚓有声,凉气四溢,连眼睛都是凉的。"还有诗人于坚写甘薯的甜:"这盆甘薯真甜……甜得像火焰一样升起来。"和另一位诗人徐芳写街灯的暗淡:"像坛子里腌得过久的咸菜。"

汪曾祺是把凉的方向引向眼睛,于坚是把甜的方向引向火焰,徐芳是把暗淡的方向引向咸菜。都不是我们习惯的方向。我们习惯的方向，是凉得透心（是心），是甜得如蜜（是蜜），是暗淡得模糊或朦胧（是视觉）。不同寻常的想象，才能够有生动奇特的句子出现，这是非常值得我们学习的。

我还想起读诗人闻一多写过的一首《梦者》的诗：

> 假如那绿晶晶的鬼火，
> 是墓中人的
> 梦里迸出的星光，
> 那我也不怕死了。

其实也是一句话："鬼火是墓中人梦里迸出的星光"。同样，鬼火——梦——星光，三者不挨不靠，拼贴在这里，营造出一种奇异的效果，将阴森森的鬼火写得人间味儿浓郁，方才让我们感到这样温暖照人。

汪曾祺先生曾经这样说："语言像树，枝干内部枝液流转，一枝摇，百枝摇。语言像水，是不能切割的，一篇作品的语言，是一个有机的整体。"他说得非常有道理，而且很生动。语言是一个有机的整体，是由一个个句子组成的——

语言像树，一个句子，是树上的一片树叶，一片片的树叶密集一起，才能成为一棵树；一个个漂亮的句子，才能聚集成一篇漂亮的文章。

语言像水，一个句子，是水中的一滴水珠，一滴滴的水珠汇聚一起，才能叫作水；一个个漂亮的句子，才能聚集成一篇漂亮的文章。

从写好一句话开始，是我们每一位写作者的必修课。意识到我们的文学语言已经受到了伤害而在不由自主地滑落，意识到写好一句话并不那么容易，才会对语言尤其是我们具有上千年悠久深厚传统的母语，有敬畏之感、修为之心，才有可能写好一句话。

2021年11月3日于北京

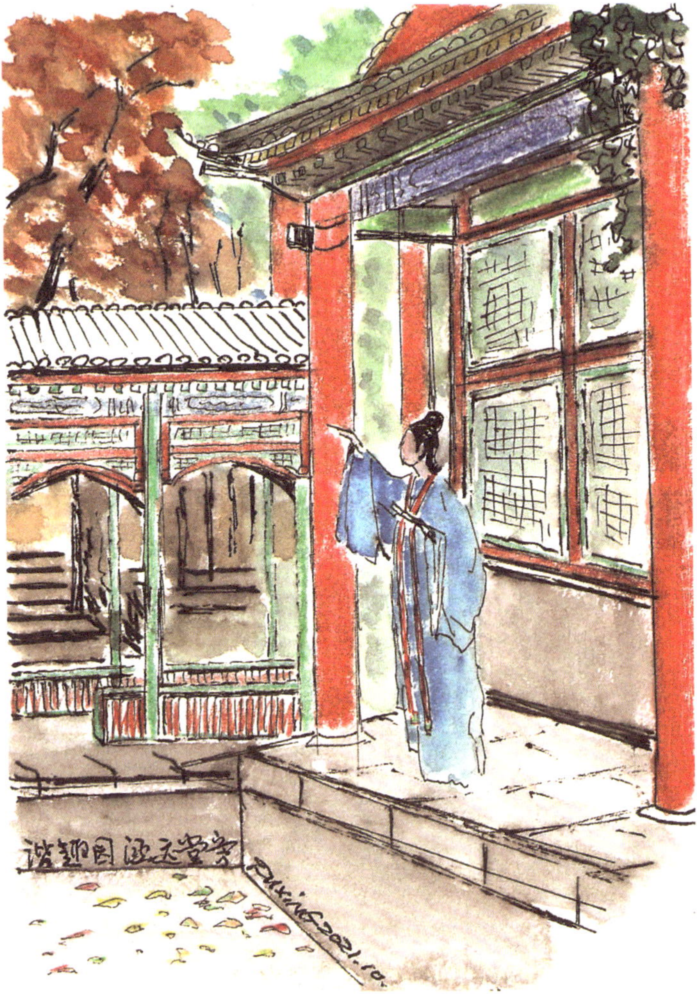
谐趣园涵远堂旁
PUXING2021.10.

小市莺花时痛饮
——放翁晚年自画像

晚年放翁的日子，过得并不那么舒心，北望中原，王师之梦未竟，又多病在身，甚至缺吃少穿。但是，放翁却过得比一般人都要潇洒、优雅。这和他面对人生和生活的态度相关。放翁晚年诗作，就是这样人生与生活真切的写照。读放翁晚年诗，非常有意思，即使已经过去了八百多年，依然可以镜鉴，让人思味。

对于年轻时曾经"三万里河东入海，五千仞岳上摩天"之类的功名追逐，这时候，他说"薄技雕虫尔，虚名画饼如"，这是他的清醒；他说"试看大醉称贤相，始信常醒是鄙夫"，这是他的自嘲。以往再如何风光，到了晚年，洗尽铅华，都是平常人一个。心态的平衡，将曾经有过再辉煌的自己，归于鄙夫而非贤相或名士，是平易却优雅姿态和思想的支持。

对于人老之后身体渐多的疾病，放翁有一首《示村医》："玉函肘後了无功，每寓奇方啸傲中。衫袖甃橙清鼻观，枕囊贮菊愈头风。"前一联说的是他不信那些奇方妙方，后一联说他相信橙子药菊之类的民间素朴的偏方，对于头痛鼻塞这样的小病持一种轻松和放松的态度。

他还有一句"屏除金鼎药，糠秕玉函方"，更显示他对于名贵药方的一贯态度。他还说"养生妙理本平平，未可常谈笑老生"。他不像我们如今将养生学置于老年生活中那么显著的位置而须臾不肯离开。将生老病死看淡看轻看透，是平易而优雅生活的心理依托。

对于饮食起居，他的态度更是一种放松，这种放松，是先将欲望稀释清淡，再加随遇而安。对于住房，他没有今天人们对越来越大的居住面积的需求与占有的渴望，他只求茅屋可住，说是"茅屋三间已太宽"，"故应高卧有余欢"。

对于穿戴，他喜欢粗布，说是"溪柴胜炽炭，黎布敌纯棉"。即便布衣单薄，他说是"漫道布衾如铁冷，未妨鼻息自雷鸣"。

对于饮食，他崇尚菜羹，说是"熊蹯驼峰美不如"。他写过一首名为《菜羹》的小诗："地炉篝火煮菜香，舌端未享鼻先尝"，一副自足自乐老头儿乐的样子。

当然，他不是什么时候都只是以菜羹为标榜，遇到美食美味，他也兴奋异常："蟹束寒蒲大盈尺，鲈穿细柳重兼斤"。遇到肥鱼和大闸蟹，他一样不客气。而且，他还喜欢喝酒，他写有一首诗："社日淋漓酒满衣，黄鸡正嫩白鹅肥。弟兄相顾无涯喜，扶得吾翁烂醉归。"这便是一种放松的态度，不是我们现在常见的老年人过于讲究的养生。重要的是，对于日常起居日子期望值降低，其实就是对生活欲望的降低。欲望，可以助人生奋争进取，也可以让人生渐失真正的乐趣与真谛，而陷入欲望编织的各种华丽的罗网。欲望的消解，是平易而优雅生活的价值标准的重新调适，是喜欢素朴的棉衣布履而不再崇尚华美的绫罗绸缎价值观的校正。

作为普通人，饮食男女，我们谁都要面对这样日复一日庸常的生活。而且，随着儿女长大成人，远离了我们，我们面对的不仅是日子的庸常，还有日子的寂寞孤独和老来多病之身。如何让这样庸常琐碎寂寞孤独和多病的日子，过得不仅平易，而且能有点儿意思，进而稍稍优雅一点儿，而不至于老态龙钟得那么不堪，放翁的做法值得借鉴。

"团团箬笠偏宜雨，策策芒鞋不怕泥"，不怕的不仅是风雨泥水，更是不怕箬笠芒鞋布衣的被人乃至被自己也瞧不起的普通庸常，这是对于生活一种达观的态度。

"敲门赊酒常酣醉，举网无鱼亦浩歌"，如此潇洒，也许我们一般人很难做到，或者觉得没有捕到鱼还傻呵呵在那儿浩歌，有点阿Q。不过，这也是放翁对于不如意生活一种旷达的表示。我们谁都曾经有过这样那样的不如意，学一点儿放翁这样的旷达，也许能够在不如意面前尽可能不失态，尽可能多少保持一点儿优雅。

放翁晚年，常有他逛附近小市或适逢小担过门而即兴写下的诗句，写得那么平常，那么随意，那么像如今我们的生活日常图景。我非常喜欢放翁这样接地气的诗句。"邻家人喜添新犊，小市奴归得早蔬""小担过门尝冷粉，微风解箨看新篁"写得真的是好，这里的奴，可不是奴隶，是仆人之谓，就是如今的保姆。小市带露的早蔬，小担送上门的凉粉，配以邻居新添的小牛犊，随微风冒出的新竹做背景，是一幅多么清新而富有生气的画面，市井、家常、烟火气，又富有诗意。难怪放翁要说"小市莺花时痛饮，故宫禾黍亦闲愁"。这便不仅是放翁的平易，更是放翁的优雅了，即便是庸常琐碎的日子，也可以过出属于自己的优雅来。

正因为在庸常或艰辛的日子里有这样平易而优雅的心态和姿态，放翁才能做到"家事贫尤简，诗情老未阑"，才会从心底涌出这样的诗句："身处江湖如富贵，心亲鱼鸟等朋俦。"即便家中贫寒，即便门前冷落，他是这样认知富贵和朋友的，心情就大不一样，他才能够超越庸常与寂寞，过得如此自得："不饥不寒万事足，有山有水一生闲。"我们可以说他有点儿阿Q，却不能说他是故作潇洒而自欺欺人。

当然，作为读书人，读书，更显示放翁的日常生活中平易的状态和心情的优雅。晚年的放翁，写读书的诗句颇多，"插架图书娱晚暮，满滩鸥鹭伴清闲""架上有书吾已矣，甑中无饭亦陶然""暮年于书更多味""醉里心宽梦里闲""梦好定知行路健，书来深慰倚门情"……这是他暮年真实的生活场景和内心的写照。读这样的诗句时，我常想如果那时候也有了无所不能的手机，放翁还能有这样的心思读那些插架以慰心情的图书吗？会不会和我们一样，也用拇指阅读代替纸质的阅读呢？会不会和我们一样，"两耳不闻窗外事，一心只读朋友圈"，来代替书中的"多味"和"深慰"之情呢？

或许不会，看放翁那么老的年纪，即使身体颓萎、老眼昏花再如何，他说"岂知鹤发残年叟，犹读蝇头细字书""读书有味聊忘老，赋禄无多亦代耕"。他强调、讲究以及自得和坚持的，依然是读书。晚年的放翁，放弃了功名的追求，满足于薄禄的无多，更多谈到的是读书之味和心境之闲，这是有意淡漠与隔离以往他所熟悉的热闹排场的官场与文坛的一种达观放松的心态。这里说的闲与味，是只有晚年的放翁才体会到的，是心与书的主客观相辅相成相互交融达到的读书境界。只有闲，才能读书读出味道；读出了味道，才能让自己的心境滤就得清净而舒展放松。这里的闲，不是有钱之后故作风雅的闲适，就是静与净，面对物欲翻腾、市声喧嚣、名利官位而能独守的一份心静气定魂清神闲。这是书独能给予他的。所谓闲或静或净，是放翁在多病多灾的艰辛生活中，炼就的平易而优雅的一种生命的表现形式和气韵。

关于读书，放翁还有这样一句诗，特别有意思："独居漫受书狐媚。"孤独一人，书对于他有一种狐媚之感，实在是放翁那个时代少有的比喻，是日后清时《聊斋》里读书人才有的感觉。这种狐媚，对于如今的年轻人可以理解，对于那时已经年过八十的放翁，真的很奇特，让我想起美国作家乔·昆南在《大书特书》中说"书是我的情人"的比喻。

"独居漫受书狐媚"，不仅是一个好的比喻，更是一种好的生活状态和心态。如果说"小市莺花时痛饮"是放翁市井生活素朴随意的一幅自画像；"独居漫受书狐媚"则是放翁作为诗人优雅别致的自画像。前者写景，后者写情；前者写实，后者写意。两幅自画像，成为放翁立体的两个侧面。不知我们能有其中哪一面？

2021 年 11 月 1 日写毕于北京

一片幽情冷处浓

又到鲜鱼口。一条比大栅栏历史还要久的老街，前些年被整治一新，变成北京小吃街。在街南力力餐厅和通三益的位置，以前有座二层小楼，是联友照相馆。力力餐厅和通三益干果店，以前都不在这里，在前门大街东侧。

正是中午，站在这个位置上，阳光直泻，照得我额头上渗出汗珠。通三益门口东侧吹糖人的小摊围着几个外地人。心里想，他们谁会知道这里原来是家照相馆呢？又想，即便知道了，又能怎么样呢？一条老街，跟一个人一样，如今都时兴整容，觉得整过的容貌，比爹妈给自己的面庞要好看。人们的审美观和价值观，就这样天经地义地发生着变化。

十多年前，我到这里的时候，联友照相馆的二层小楼还在，只不过变成了一个洗印照片的商店，破旧不堪，门可罗雀。我走进去，询问店员联友的历史。店员的岁数和我差不多大，知道的事情比较多，他告诉我，联友好多年前就不再是照相馆了，但还属于照相器材公司管，后来勉强经营洗印照片，现在就等着迁拆，看以后怎么安排了。

我问他，没有可能再把联友照相馆恢复起来吗？他摇摇头说，大概不会。然后对我说，你知道现在照相馆不好经营，都改影楼了。你看前门大街上的大北照相馆，以前多红火呀，现在行情也差多了。

他说得没错。我知道，这只是我的一厢情愿。也许，只有住在这附近的老街坊，对联友照相馆才有这样的情感。

在北京照相馆发展的历史上，第一家照相馆，是清光绪十八年（1892年），开设在琉璃厂的丰泰照相馆。对比丰泰，联友照相馆的历史没有那么长，它是民国后期开张的。但是，对于鲜鱼口这条老街，它却是第一家具有现代味道的店铺。自明清以来，鲜鱼口是以鞋帽铺为主的老街。那时候的鞋帽都是手工制作，传统农商时代的产物，照相馆可是洋玩意儿，无疑给鲜鱼口老街带来点儿维新的感觉。这感觉，就像前门大街1924年新建起的五洲大药房，那颇有洋范儿的大钟楼，和它"五洲"世界味的店名一样，专门经营西药。五洲和联友前后脚开店，颇有些与时俱进的意思。

和这位老店员聊天，他告诉我，联友的位置是原来的会仙居。会仙居是现在天兴居炒肝店的前身。会仙居开业在同治元年（1862年），地道的老字号，一直经营炒肝，生意不错。现在有名的天兴居是1930年前后开的后起之秀。只不过最后的竞争中，后来者居上，会仙居被天兴居吞并。会仙居的地盘出让之后，原来的二层小楼便改建了联友照相馆。

在鲜鱼口老街上，我一直以为联友照相馆多少有些鹤立鸡群的感觉。这倒不是因为它是舶来品，由于它依托原来会仙居二层小楼的格局，并没有过多的改造，起码没有像五洲大药房那样立起一个欧式的钟楼来。它的门脸不大，只是多了一个橱窗，里面陈列着几张照片而已，其中有的照片，用彩笔上色，显得那么鲜艳，又那么不真实。从我家穿过兴隆街过小桥路口，走进鲜鱼口，一路都是卖点心卖百货卖鞋帽甚至卖棺材的传统老店铺，偏偏它不卖东西，而是为你服务，当场还拿不走照片，得等几天之后，才能够取得。这让小时候的我对它充满好奇，也有几分期待和想象。

那时候，对于普通家庭而言，照相还不普遍，除了证件照，或者全家福，一般不会去照相馆。我和弟弟有生以来的第一张照片，是在那里照的。那是1952年，生母去世后，姐姐为了担起家庭的重担，远走内蒙古去修铁路，临走的时候，带着我们到联友照了一张照片，全身，为的是特意照上我们为母亲戴孝穿的白鞋。那一年，我5岁，弟弟2岁，姐姐不到17岁。

以后，姐姐每一年回家，总会带我和弟弟照一次相，每一次都是到联友照相馆照的。在前门一带，照相馆并不止联友一家，起码，在前门大街东侧有大北照相馆，西侧有中原照相馆，劝业场的三楼也有照相馆，但是，姐姐只选择联友，便也连带着我对联友多了一份由衷的感情。同时，还有重要的一点，是那三家照相馆立足于前门外，都晚于联友。大北尤其晚，它是1958年由石头胡同迁到前门大街上的。如今，其余几家照相馆都从前门一带消失，硕果仅存，只剩下了大北一家。每次路过大北的时候，总会不由自主地想起联友。

记得最后一次到联友照相馆照相，是我高二那一年即1965年的冬天。第二年"文化大革命"就来了，一切都乱了套，我和弟弟分别去了北大荒和青海，姐姐再回到北京，看到我们姐弟三人，分在三处，远在天涯，来去匆匆之中，只剩下了伤感，失去了照相的兴趣。

姐姐八十大寿，我去呼和浩特看姐姐，看见她家写字台的玻璃板底下放着一张照片，很长，是姐姐把那时每次回来探亲时候和我及弟弟照的那一张张合影，洗在一起，像是电影的胶片一样，串联起了我们童年和少年的脚印。想想是从1952年到1965年14年来的照片。那

辛丑李末治興

是我们姐弟三人的一段记忆，也是联友照相馆的一段断代史。

心里明镜般的清楚，如果不是刚刚在姐姐家看到这如糖葫芦般一长串的照片，我也不会想起到鲜鱼口来。只是，联友照相馆已经不在了。十多年前，它还在呢，这么快，像梦一样消失得无影无踪。

站在中午暖洋洋的秋阳下，站在遥远却清晰的记忆深处，眼前忽然晃动起这样一幅画面：每一次姐姐带我和弟弟到联友，照相之前，姐姐都会划着一根火柴，燃烧一半时吹灭，用火柴头儿剩下那一点点碳的灰烬，为我和弟弟涂黑眉毛。照相的师傅总会看着我们，耐心地等姐姐涂完，然后微笑着招呼我们过去，站在他那蒙着黑布的照相机前。

想起了纳兰性德的一句词：一片幽情冷处浓。他说的是芙蓉花。我想的是联友照相馆。

2021 年 10 月 26 日于北京

黄昏时分

旧时京城，黄昏时分，即使普通平民院落，屋顶上的鱼鳞瓦铺铺展展连成一片，如同海浪翻涌，平铺天边，是只有北京见得到的风景。各家开始做晚饭了，即便都是简陋的煤球或蜂窝煤炉子，炊烟袅袅中，有千篇一律的葱花炝锅的香味缭绕，也是分外让人怀想的。

那个时候，我和我的一位女同学，从我家小屋出来，便是在这样的炊烟袅袅和炝锅的葱花香味中，以及街坊们好奇的眼光中，穿过深深的大院，走到老街深巷里，一直往西走，走到前门大街，过御河桥，往东一拐，来到22路公交车总站的站台前。它的一边是北京老火车站，一边是前门的箭楼。黄昏时分夕阳的光芒，正从西边的天空中泼洒过来，洒在前门的箭楼上，金光流泻。雨燕归巢，一群群墨点一样在金光中飞舞，点染成一幅点彩画面。

我们是同住在一条老街上的发小儿,读高中,为了能够住校,她考上了北航附中。几乎每个星期天的下午,她都来我家找我复习功课和聊天,黄昏时分,我送她到前门,乘坐22路公交车回学校。每个星期天如此,从高一一直到高三毕业。前门箭楼前的黄昏,涂抹着我们15岁到18岁青春灿烂的背景。

高中毕业后,我去了北大荒,在七星河南岸荒原靠西头的二队,生活了整整六年。一望无际的荒原,荒草萋萋,无遮无拦,一直连到遥远的地平线。我们开垦出来的地号,都在东边,按理说,每天收工都要往西走,回队上吃晚饭。正是黄昏,一天晚霞如锦,夕阳横在眼前,在荒原上应该格外醒目。奇怪的是,我竟然一次都没有注意到黄昏的情景。也是,干了一天的活,如果赶上豆收,一人一条垄,八里地长,弯着腰一直往东割,割到头,已经累得跟孙子一样,再好看的黄昏风景也没心思看了。

六年后的早春二月,我离开北大荒,回北京当老师。中学同学秋子,赶着一辆老牛车,从二队送我到场部,准备明天一早乘车到福利屯火车站回北京。老牛破车,走得很慢,走到半路,天已黄昏,忽然回过头往西张望,想再看看生活了六年的二队。二队家家户户炊烟四起,淡淡的白烟,活了似的,精灵一般,袅袅地游弋着。

疫情后开学头一天 Fuxing 2021.8.4

西边，晚霞如火，夕阳如一盏硕大无比的橙红色大灯笼，悬挂在我头顶，然后像大幕一样在缓缓地垂落。我从来没有见过夕阳居然可以这样巨大，大得像神话中出现的一样，那是我第一次，也是唯一一次见到。

我真的有些惊讶，一句话说不出来。秋子见多不怪，头都没有回，只是默默地赶着牛车。黄昏，这样的壮观；忙碌了一天夕阳谢幕时，这样的从容，让半个天空伴随它一起辉煌无比和即将到来的夜晚交接班。

岁月如流，人生如流。无数个日出日落，构成了逝者如斯的岁月与人生。前年到美国看孩子，一眨眼似的，我的孩子都有了孩子，少年和青春，轮回在儿子和孙子的身上。每天接送小孙子上学放学，将孩子送到家门前不远的路口，等候校车。黄昏的时候，眺望远方，盼望着黄色的校车，从树木掩映的小路上，一朵橙黄色的云朵一样蜿蜒飘来。

校车出现的前方在西边，茂密的树木遮挡住天空，看不见夕阳垂落。正是晚秋时节，有几株加拿大红枫，高大参天，看不见夕阳，却看得见夕阳的光芒打在树上，让本来就红彤彤的枫叶更加鲜红，如同燃烧起一树树腾腾向上直蹿的火焰，映彻得天空一派辉煌。

如果没有蔓延全球的疫情，今年这时候，我可能还会在那个路口守候孩子放学，看到夕阳燃烧加拿大红枫的情景。因为不是送别，不是分手，而是守候，有了期待，有了盼望，灿烂的黄昏，显得更加灿烂，而且，多了一份温情。

前两天，偶然又听到美国老牌民谣歌手安拉唱的一曲英文老歌《黄昏》，不由自主联想起这几个难忘的黄昏。安拉的《黄昏》，唱的是失恋，伤怀悼时，感叹余音袅袅在耳，却昨是而今非。这只是这首老民谣唱的黄昏，和我记忆中的黄昏不同，它不过让我望文生义想起了我的黄昏而已。我的黄昏，无论是告别，分手，守候，都是美好的。黄昏时分，走在寂静几近无人的街上，想起这首老民谣，也想起郁达夫写黄昏的诗：遥街灯火黄昏市，深巷帘栊玉女笙。记忆中存在的，眼前浮现的，是美好的值得期待的黄昏。

2021 年 10 月 20 日于北京

我们的距离

有这样一个情景,总也忘不掉。去年四月底,在天坛的双环亭。

去年年初,让一场突如其来的疫情闹得宅在家里,好久没去天坛了,以为天坛和很多博物馆图书馆等公共场所一样,也都关闭了。其实,天坛没有封闭,一直敞开大门对外开放。相比脆弱而渺小的人,沧海横流,天坛方显英雄本色,不动声色地注视着这个动荡不安的世界和我们。我和天坛拉开长达四个月之久的距离,是我自己造成的,也就是说是人为的距离。

那天中午,从南门进天坛,一路看见藤萝架上紫藤开得烂烂漫漫,再疯狂的疫情,也没有阻拦它们到时候的盛开,显然,它们没有我们人类的顾忌,比我们要自由豪放得多。藤萝架下坐的人不多,稀稀拉拉的,彼此都拉开了距离。草坪上,也有坐着的游人,一样彼此都拉开了距离。这样的情景,非常独特,只有此时才见到,让我不由得想起布莱希特话剧的间离理论。

一直走到双环亭,这样的"间离",最为突出地出现在我的面前。我看见亭中坐着一对男女,四十岁上下。特别引我注意的是,他们各自戴着口罩,分别坐在椅子的两头,各靠着亭子的一个红柱子,隔着两个柱子之间这样明显的距离——那时候,为防止疫情的传播,流行一个词,叫作"一米距离"。距离,便成为生活的常态,见多不怪,但这样约会中长时间在一起依然保持着这样远比一米要长的距离的情景,我第一次见到。

他们两人中间长椅上铺着一块花布,一些零食和他们各自的保温杯,在上面排列成队。那阵势,有点儿像七夕喜鹊羽毛搭成的桥,桥两头,分别站着他们二位遥遥相对。看样子,和我一样,也是多日未到天坛来了,相约在这里见面叙旧。一定是老朋友了,但也要保持着这样明确的距离,这是人本能欲望和心理之间的距离,又是主观心理和客观现实之间的距离。或者说是面临这场突如其来灾难时恐惧与希望的距离。

双环亭是两个圆亭交错,亭中外圈有这样十根红漆圆柱支撑,柱子之间的距离得有两米多。阔别多日的朋友相见,居然要有意拉开这样长的距离,让我有些吃惊,也更加感慨。这实在是疫情闹出的距离。往常一般的约会，哪里会拉开这样的距离，而且，还严严实实地戴着口罩。隔空对话，声音自然就大些，悄悄话是不行的了。这样的场面，有些滑稽，也有些悲伤和无奈，却是2020年春天常见的情景。看不见的新冠病毒，让人和人之间，即使再亲密的人之间，也要不由自主地拉开距离。

我坐在他们的斜对面画他们，一边画一边不住在想，距离，在平常的日子里，在一般人之间，也是必要的。亲密无间，只是作为一种修辞，一种幻想或理想的状态的存在。即使是情人之间的拥抱亲吻，也不可能真正做到亲密无间。在人类文明和不文明交织的驳杂社会里，有社交中的礼貌距离，有美学中的想象距离，有心理的抗拒距离，也有卑劣人性中的暴力距离，社会环境中的危险距离，初次接触的陌生距离，思想乃至意识形态所产生的斗争距离，时间和空间造成的时空距离，或者亲人之间所谓"一碗汤"的距离，等等。可以说，独木不成林，只要有两人或两人以上的地方，不会没有距离，就像再茂密的树林里，树和树之间也会是存在距离的，不可能毫无缝隙地比肩而立。

只是，眼前这一对戴着口罩的朋友之间这样尽情交谈之中明显而有意拉开的距离，是我前所未见的。

读罗兰·巴特的《文之悦》，书中有"边线"一节。边线，就是边界，就是距离。他从修辞学角度说：语言结构的重新配置，通常借以切断的方式来达到。他说有

万花亭　Faxing　2021 你王坛

两条边线，一条是正规的、从众的、因袭的（在我看来，就是惯常情况下的），一条是变幻不定的、空白的（在我看来，就是非惯常情况下的）。他接着说，说得很有意思："恰是它们两者的缝隙、断层、裂处，方能引起性欲。"（在我看来，这里所说的性欲，就是指语言结构被打破而重新配置后新的生成）距离，就是在这样的状况下产生的。缝隙、断层、裂处，都会产生距离。

罗兰·巴特所说的"两者的缝隙、断层、裂处"，在战争和灾难面前，最容易产生。因为战争和灾难便是惯常状态的被打破，而成为非惯常状态。如今，这场全球范围的疫情突发而且长时间蔓延所造成的灾难，远非一场战争所能比，这样的缝隙、断层、裂处，必然造成了人与人之间的距离，哪怕是曾经关系再亲密的人。这里既有社会与自然的不可知因素，也有恐惧和忧虑的心理潜在原因，同时，还会有因这场疫情所造成思想认知和判断标准差异乃至矛盾及罗兰·巴特所说裂处的结果。只是，人又有群居而极愿摆脱孤独的心理需求，于是，在疫情刚刚趋好的时候，人们就迫不及待地从闭门宅家中走出来；于是，便有了天坛里我所见到的并非一例这样的约会，约会中所呈现出渴望缩短距离而又有不可避免的明显距离，戴着口罩，亲密交谈，又隔空相望。

我画着这一对约会的男女。长长的距离，并没有阻隔他们的交谈。我不知道他们在谈着什么，只看到他们的交谈如同长长的流水一样，绵绵不断。他们的身后已经是春意盎然，花草烂漫。

2021年10月12日于北京

天坛春之圆舞曲 Fuxing 2021.3.29.

听歌三叠

你是否要去斯卡布罗集市

《斯卡布罗集市》，是我很喜欢的一首歌。这是一首老歌，如今，翻唱这首歌的人很多，在网上，尤其在抖音里，到处都是。好听的歌，可以不厌其烦地反复唱，反复听。不过，听这首歌最好听原文，哪怕听得似懂非懂甚至根本不懂，最好不要翻译成中文，听中文的歌词，味道全无，连旋律跟着一起变味走形。

我最喜欢听保罗·西蒙和莎拉·布莱曼唱这首歌。保罗·西蒙是原唱，最早听他唱的时候，还没有莎拉·布莱曼的版本。两个人的风格不同，保罗·西蒙是吟唱，地道的民谣唱法，木吉他伴奏恰到好处；莎拉·布莱曼是梦幻，唱得更为抒情，多少以美声改变了民谣风,电子乐伴奏相得益彰。

如果说保罗·西蒙像一幅画,莎拉·布莱曼则像一首诗。保罗·西蒙带我们回到从前,那个逝去的遥远的青春岁月;莎拉·布莱曼带我们飞进未来,一个不可知的想象世界。歌声好像两个人影,一个站在过去的树荫下,一个站在前面的月影中,都是朦朦胧胧,似是而非。

不知别人听后感觉如何,我听保罗·西蒙,这种细雨梦回的感觉更强。特别是他唱的头一句:"你是否要去斯卡布罗集市",语调极其平易,倾诉感极强,仿佛不是问别人是否要去,而是你自己跃跃欲试,真的就要出发,有火车汽车马车或自行车,停在前面,正等着你。

我相信,每一个人,都有这样一个想要去的地方。

那个地方可以是斯市,也可以是你自己所想要去的任何地方。对于我,去的这个地方,很实在,触手可摸,感觉是在校园的甬道上,在北大荒的荒草地上,在刚返城那年白杨树萌发绿意的春天还没有建好的三环路上。那里真的有你想见的人,和想见的景和物。

听莎拉·布莱曼,没有这种感觉,而感觉是在朦胧的月夜,是在迷离的梦中,水波潋滟,人影幢幢,遥街灯火黄昏市,深巷帘栊玉女笙。

听莎拉·布莱曼,感觉一切不那么真实似的,像飘浮在云彩里;听保罗·西蒙却觉得实在,一脚踩在地上。因此,说实在的,两者相比,我更喜欢听保罗·西蒙。

他更接近我内心的真实，和想象中的真实。仿佛他唱的是我心里的声音，以一种平易的方式，娓娓道来，蒙蒙细雨一般，打湿我的衣襟，渗透进我的心田。莎拉·布莱曼唱的更多像是我梦呓中的回音，遥远，缥缈，空旷幽深，吟罢欲沉江渚月，梦回初动寺楼钟。

相比较而言，莎拉·布莱曼的声音，像是经过处理的，犹如美容过后的容光焕发，颗粒状爽朗，照射感明亮，穿透力极强；保罗·西蒙更接近人声的本色，有些柔弱，似喃喃自语。保罗·西蒙自己曾经说过："我的声音不是那种穿透力和震撼力的声音，我的声音听起来很软。"《斯卡布罗集市》作为一首老民谣，保罗·西蒙的唱法更原汁原味，莎拉·布莱曼的唱法，则是民谣的窑变，让同样一首歌，变幻成另一种风貌，而多姿多彩，风情万种。

《斯卡布罗集市》特别迷人之处，是四段歌词每一段都重复用了一连串的意象："芫荽、鼠尾草、迷迭香和百里香"，反复吟唱，水流回环。每一次我听，都觉得像是在唱北大荒荒原上夏季里那一片五花草甸子，尽管没有鼠尾草、迷迭香和百里香这么多洋味儿的花草，那些乌拉草、苜蓿草、达紫香和野云英，也足可以与之媲美，和歌中要去斯市问候的那位真挚恋人（a true love of mine），告诉她做一件亚麻衬衣、要她把石楠花扎成一束之类，一样的相衬适配。香草美人，是没有国界的，是世人所爱的。没错，在这首歌里，这些花草很重要，没有了这些花草，斯市的姑娘就没有那么美好，亚麻衬衣和石楠花束就没有那么令人向往，这首歌也就平庸至极。

这些"芫荽、鼠尾草、迷迭香和百里香"，还不完全是我们诗歌传统里的比兴，而是这首歌的背景，是这首歌的命门。或许，就是这首歌的魅力所在。音乐和歌词——也就是诗，两者融合一起，化为了艺术，才能够在歌声流淌的瞬间，让我们感动，让我们回忆，让我们直抵曾经经历的地方，或现在向往的地方。也可以说，就是直抵我们的内心绵软的一隅。好的歌曲，应该这样，而不是词曲两张皮，词和曲不挨不靠，词可以任意修改，像一面时髦的旗子或一个百搭的挎包，能够披挂在任何曲子里；曲子人尽可夫，随便配词，像一张包子皮，能够包裹任何一种馅料，今天三鲜，明天牛肉大葱。

每一次听这首歌中唱到"芫荽、鼠尾草、迷迭香和百里香"的时候，总会让我想起北大荒的五花草甸子。有意思的是，草甸子上，没有我的什么恋人，也没有人能给我做什么亚麻衬衣，和我要献给什么人的石楠花束，有的只是荒原，萋萋荒草，无边无际，随天风猎猎，直连到遥远的地平线。那时候，喊的口号是开垦荒原，向荒原进军，向荒原要粮！当然，那时，也还没有听过这首歌。那时候，我们听的唱的更多的是样板戏。

"芫荽、鼠尾草、迷迭香和百里香"！"a true love of

mine"和她亲手缝的亚麻衬衣、亲手打的石楠花束！一个时代有一个时代的歌，一个时代有一个时代的意象，一个时代有一个时代你曾经去过的和你梦想要去的地方。

即使你没去过卡萨布兰卡

卡萨布兰卡，是一个地名，是一部电影的名字，也是一首歌曲的名字。可以说，是这部电影和这首歌曲，让这个地名出名。

如今视频发达，将电影里的镜头和歌曲混剪一起，倒是很搭。特别是英格丽·褒曼那忧郁深情的眼神，简直是歌手贝蒂·希金斯歌声最完美生动而形象的延伸，将听觉和视觉合二为一，交错迭现，水乳交融，那样的温婉动人。

贝蒂·希金斯曾经来过中国，特别是听他和我国女歌手金池合唱的这首歌，更让我感动。乐队的打击乐减弱了些音量，贝蒂·希金斯唱得更加节制，副歌无歌词吟唱部分，金池唱得美轮美奂，最后一句两人天衣无缝细致入微的和声，比原本贝蒂单人唱得更加美妙动听，韵味十足。

多年之前，我头一次听这首歌的时候，只记住了其中两句歌词。

一句是"难忘那一次次的亲吻，在卡萨布兰卡；但那一切成追忆，时过境迁。"

一句是"我没有去过卡萨布兰卡。"

这两句歌词镶嵌在同一首歌里，有些悖论的意思。这当然有贝蒂自己恋爱的经历和想象，但在我第一次听来，只是觉得没有去过卡萨布兰卡，却在那里有一次次的亲吻，而且都还很是难忘。这怎么可能？

但是，生活中不可能的事情，在歌声里变成了可能。歌声包括一切艺术在内，可以有这样出神入化的神奇功能，产生这样的化学反应，帮助你逃离现实中不尽如人意的生活，而进入你想象的另一个世界。哪怕你只是在做想入非非的白日梦。于是，你没有去过卡萨布兰卡，却可以在那里有一次次的亲吻，而且还都比在北京上海还要刻骨铭心，很难忘怀。

时空的错位，现实中的幻觉，恰恰是回忆中的感情尤其是爱情的一种倒影，或者说是一种镜像。所谓时过境迁的感慨与想象，以及此情可待成追忆，只是当时已惘然的怀旧与伤感，才会由此而生。犹如水蒸发成汽而后为云，又由云变为雨，纵使依然洒落你的肩头，清冽湿润如旧，却不再是当年的雨水。这便是与生活不尽相同的艺术的魅力。艺术，从来不等同于生活。它只是生活升腾后的幻影，让你觉得还有一种比你眼前真实生活更美好，或更让你留恋、怀念和向往而值得过下去的生活。

很多时候，我们都会在心里突然萌生这样由时空错位而产生的幻觉和情感。这种幻觉和情感,帮助我们接近艺术,而让我单调苍白的生活变得有了一些色彩和滋味。我们会在看到某一个似曾相识的场景时,忽然想起曾经走过或相爱过的地方,特别是曾经相爱的人已经天各一方,音讯杳无,这种感觉更会如烟泛起,弥漫心头,惆怅不已。

记得我和女同学第一次偷偷地约会,是我读高一那年的春天,在靠近长安街正义路的街心花园。那里原来是一道御河,河水从天安门前的金水河迤逦淌来。这里是新中国成立后北京城建成的第一个街心公园,新栽的花木,一片绿意葱茏,清新而芬芳。特别是身边的黄色蔷薇,开得那样灿烂,我们就坐在蔷薇花丛旁,坐了那么久,天马行空,聊了很久,从下午一直到晚霞飘落,洒满蔷薇花丛。具体聊的什么内容,都已经忘记,但身边的那一丛黄蔷薇花,却总怒放在记忆里。

时过将近六十年,前几天到天坛公园,在北门前看到一丛黄蔷薇正在怒放,忽然停住了脚步,望着那丛明黄如金的蔷薇,望了很久,一下子便想到了那年春天正义路街心花园的约会。"一切成追忆,时过境迁",卡萨布兰卡的旋律,弥漫心头。

很多年以前,我第一次来到莫斯科,住下之后,迫不及待地先跑到红场,因为这是我青春时最向往的地方。已经是晚上快八点,红场上依然阳光灿烂,克里姆林宫那样明亮辉煌。不禁想起当年在北大荒插队时写过的诗句：要把克里姆林宫的红灯重新点亮，要把红旗插遍世界的每一个地方！不觉哑然失笑。就像歌里唱过的一样："我没有去过卡萨布兰卡。"那时，我也没有去过克里姆林宫，却不妨碍我的一次次激情膨胀，梦想着登上克里姆林宫的宫顶，然后朝着沉沉黑暗的夜空，点亮它的每一盏红灯。

那一天。真的来到了莫斯科，一切那么的陌生，又那么的熟悉；一切似曾相识，又似是而非。一直到很晚，才看见夜幕缓缓在红场上垂落，克里姆林宫的红灯，才开始随着蹦上夜空的星星一起闪烁。"一切成追忆，时过境迁"，卡萨布兰卡的旋律，弥漫心头。

很多回忆，不尽是亲吻；很多感情，不尽是美好。甜蜜也好，苦涩也罢；美好也好，痛苦也罢；自得也好，自责也罢。时过境迁之后，过去曾经发生过的一切，才会水落石出一般，清晰地显现。这时候的追忆，如果真的有了些许的价值，恐怕都是时空错位的幻觉和想象的结果。而这样的幻觉和想象，恰恰是艺术的作为。一部电影，一首歌曲，便超出它们自身，你和它们似是而非，它们却魂灵附身于你，为你遥远的记忆和远逝的情感点石成金，化作一幅画，一首诗，一支曼妙无比的歌。

即使你根本没有去过卡萨布兰卡。

手扶拖拉机斯基

张蔷这个歌手的名字，如今的年轻人，已经不大熟悉了。尽管1986年她曾经上过美国大名鼎鼎的《时代周刊》，唱片总销售量高达令人叹为观止的三千万张，恐怕在中国流行乐坛上是绝无仅有的奇迹。

在二十世纪八十年代，我爱听她的歌。那时候，她出了好多盘磁带。那个年月，还没有流行CD，更谈不上手机下载音乐。那时候，她17岁，刚刚出道，磁带盒的封面上，一个圆圆脸膛的小姑娘，很可爱很清纯的样子。那时候，我的儿子还没有上小学，刚到懂得听歌的年龄。我们一起在音像店琳琅满目的磁带面前，记得很清楚，是在和平里，看得我们眼花缭乱，不知挑哪一个好，儿子指着她问我，怎么样？我问儿子：就买这盘了吗？儿子果断回答：就买这盘。于是，盲人摸象一般买下了它。拿回家放在录音机里一听，不错，我和儿子都很喜欢。

她唱的是那种迪斯科节奏和风味的摇滚，明快，清爽，听着挺新鲜，感觉挺年轻的。不过，她更多是翻唱别人的歌。《野百合也有春天》《潇洒地走》《月亮迪斯科》《拍手迪斯科》《你那会心的一笑》《轰隆隆的雷雨声》……她那略带沙哑嗓音却青春明澈的歌声，一直到现在都还感到很亲切，不少歌，我到现在竟然还会唱，这是以后听流行歌曲从来没有过的奇迹。

那时候，我正在写作关于中学生的长篇小说《青春梦幻曲》，忍不住让小说里的主人公也喜欢上张蔷的歌，不止一个地方，在小说里让她唱起了张蔷的歌。有意思的是，有读者读完我的小说，特意去找张蔷的磁带听。

我觉得张蔷特别适合孩子听，适合孩子唱。她的歌，很清纯，很青春，很开朗向上，清澈透明如同露珠儿，沁人心脾，又有那么一点亮色，即使还有那么一点淡淡的忧愁和烦恼，也是快乐的和幸福的。和后来的小虎队相比，她多了一点忧郁和厚度；和再后来一些的花儿乐队相比，她多了一点自然和亲切。和那时与她年龄相仿的程琳相比，她多了一点亲近和天真，像是一个容易说出心里话的孩子。如果和电影影星相比，她比那时的山口百惠还要年轻，比现在的周冬雨多一点儿俏皮和可爱，少了一点儿沧桑和曲折。

后来，有很长一段时间，听不到她的歌，她销声匿迹了，有说她出国了。一直到2008年，她终于又露面了，在北京举办了"80，08"个唱音乐会。不过，重新听张蔷的歌，已经看山不是山，看水不是水，融入了主观的情感和印象。重新听张蔷的歌，其实是在倾听自己的记忆，只不过她歌中的青春和自己的青春叠印在了一起，她的歌声中顽固流淌着过去的那些日子的光和影，落霞与孤鹜齐飞，秋水共长天一色。而在2008年听她的歌，找不到以前的感觉了，一切时过境迁，歌声显得那么缥缈，似是而非。花无百日红吧，谁也不可能风光无限，独占歌坛永久。

自2008年至今，已经又过去了十三年。前两天，偶然间听到张蔷唱的一曲新歌，名字叫作《手扶拖拉机斯基》。没有想到这么多年过去了，她还在唱，她还能唱，而且唱的不是老掉牙的老歌，而是让人耳目一新的新歌。与年轻的摇滚歌手相比，她真的算是前辈了，宝刀不老，重整旗鼓，实属不易。

关键是这首歌，她唱得实在不错。曲风还是迪斯科的老旋律，歌词颇具谐谑乱搭混搭的风格，杂糅着年轻人的调侃和她这样年龄的感慨，而非一般常听到的小情小调。记得零星的几句词：莫斯科郊外的夜晚，听不到那崇高的誓言……加加林的火箭还在太空，托尔斯泰的安娜卡特琳娜，卡宾斯基柴可夫斯基，卡车司机出租司机拖拉机司机，曾经的英俊少年，他的年华已不再……由一个偶然冒出来的拖拉机司机，带出这样糖葫芦一串串的各种斯基，让她唱得动感十足，异常年轻，根本想象不出她已经是一个五十开外的人了。

不知怎么搞的，她唱的这首歌，让我突然想起莫斯科的一位老朋友。1986年的夏天，我去莫斯科结识的尼克莱。他年龄和我一般大，黑海人，列宁格勒大学（现在的圣彼得堡大学）毕业，学的就是汉语专业，毕业后先在电台工作，后调到杂志社。他说一口流利的汉语，让我们之间的交流非常顺畅，从而一见如故。他非常好客，在我离开莫斯科的前一天晚上，邀请我到他家做客。那个夏天的夜晚回来的时候，尼克莱怕我不认识路，又陪我走出他家，走在莫斯科郊外寂静的街上，走到地铁站去坐地铁，一直把我送回到我住的俄罗斯饭店。

岁月如流，人生如梦，一晃，三十多年过去了，尼克莱和我一样已经年过七旬。加加林的火箭还在太空，曾经的英俊少年，他的年华已不再……张蔷这歌唱的！从托尔斯泰柴可夫斯基一直唱到尼克莱，还有她自己，我自己！

2021 年 9 月 16 日中秋前夕写毕于北京

礼花！礼花！

一

小时候，总觉得过国庆节一定要看礼花，礼花就像大年三十的饺子一样，是国庆节的象征。那时候，我家住在北京前门外，站在我家的房顶上，一眼就可以看见天安门广场，大约晚上八点以后，就听见大炮轰轰一响，第一拨礼花腾空而起，感觉礼花就绽放在头顶。

上中学的时候，国庆节多了一个节目，就是要到天安门广场上跳集体舞。我们是男校，要和女校的同学配对一起练习。男同学站外圈，女同学站里圈，一曲之后，里圈的女同学上前一步，后面的另一个女同学上来，一场练习下来，走马灯一样换好多个女舞伴。高一那一年的国庆节，是新中国成立15周年，晚上，在天安门广场上跳集体舞，换上来一位女同学，相互一看，都禁不住叫了起来，原来是小学同学，分别将近四年，竟然在这里见面，忍不住边跳边聊，礼花映彻着她那青春的脸庞，那一支舞曲显得格外的短。那一晚的集体舞，总盼着她能够再换上来，却再也没有见到她换上来。

但是，我们却联系上了，高中三年里，我们成了好朋友，每逢星期天，她都会到我家来，一聊聊到黄昏时分，我送她回家，一直送到前门22路公共汽车站。说来那时候我们真的很可笑，一直到上高三，就是在这个22路公共汽车站，她伸出手来和我握手，祝福我们都能考上一个好大学。那是我们认识以来唯一的一次握手。

高三毕业，赶上了"文化大革命"，我们都去了北大荒，却人分两地，音讯杳无。我们再一次见面的时候，是12年后，她考上了哈军工，要到上海实习，从哈尔滨到北京回家看看，竟然给我打通了电话，相约一定见个面。正是国庆节前夕，她说就国庆节晚上在前门的22路公共汽车站吧，那里好找，晚上还可以一起看看礼花。意外的相逢，让我们都分外惊喜，那一晚在我们头顶绽放的礼花格外灿烂，总能想起，仿佛昨天。

二

1968年的夏天，我去了北大荒。国庆节歇工，那天清早，天飘起了细碎的雪花，让我很是惊奇。那时候，我刚离开家两个多月，想家，想晚上该是上房顶看礼花绽放。这里天远地远，哪里能看到礼花开满夜空呢。

这时候，生产队开铁牛的老董，正在发动他的宝贝，我们问他，国庆节不休息，这是要到哪儿去？他说到富锦给大家采购东西，晚上队上会餐好吃！我和伙伴们想去富锦买礼花，就爬上了他的铁牛的后车斗。

老董是复员军人，和我们知青关系很好，拉着我们往富锦跑，雪花铺在路上，霜一样白皑皑一片。这样雪白的国庆节，在以后的日子里，我再也没有遇到过。富锦是离我们最近的县城，铁牛跑了小半天才跑到。谁知好多家商店过节都休息，好不容易找到一家开门的，没有礼花卖，我和伙伴们着急买礼花，到处转悠，终于看到卖烟花爆竹的地方，不管三七二十一，买了一大堆，跟着老董轰隆隆地跑回队里。

那一晚，队上杀了一头猪，满锅的杀猪菜饱餐一顿，酒酣耳热过后，全队的人都围到了场院上，等着我们放花。那一大堆礼花，一路下雪受潮，怎么也点不着，急得我们一头汗。老董大声喊着小心，跑过来替我们点燃。当那礼花终于腾空而起绽放开来，大家都欢叫了起来。尽管，那些礼花都很简单，只是在天上翻了一个跟头就下来了，但在细碎的雪花映衬下，和北京的不一样呢。不一样，就在于它们像是沾上了雪花一样，湿润而晶莹。

87

今年夏天，疫情的缘故，本和大伙说好回北大荒看看的，却没能回成。我曾经在那里教过的学生发来短信告诉我，即使回也回不去原来的生产队了，不光队部不在了，队上所有的房子都不在了，人们都搬到了场部的楼房里了。心想，国庆节再放花，得到场部了。不过，买礼花不用再跑那么远到富锦了，现在场部就跟一个小县城一样，买什么东西都应有尽有。

但是，难忘的还是那年从富锦买回礼花，在队上场院里燃放时的情景。总能想起，仿佛昨天。

三

好几年前的国庆节，我是在美国过的。世界上所有国家的国庆节都要放礼花的，美国的国庆节也不例外，只是在美国过我们的国庆节，像是倒上一杯酒自饮自乐，美国人顾不上我们，所谓一畦萝卜一畦菜，自家的节日自家爱。

毕竟是我们的节日，得自己操心。国庆节，怎么也得要放花。好在这里买礼花很方便，而且比在中国买便宜，尽管全都是中国生产的。国庆节的晚上，自家人饮一杯酒庆祝之后，抱着一抱礼花，带着孩子走出房门，准备放花。四周静悄悄，星光不多，上弦月一弯，墨染一样的夜空，成了礼花登场的最好舞台。尽管买的礼花远没有天安门广场上的礼花那样大气磅礴，瞬间占据整个夜空，却也让夜空多了几分别样的风姿。

就在我们的几个礼花刚刚绽放完，就看见邻居家的房门开了，夜色中穿过草坪，匆匆地走过来一个高大的身影，一直走到我们的身边，手里拿着一个圆筒般的东西，笑吟吟地递给我们，原来是一枚硕大的礼花。他说是过美国国庆节时没有放完，看见我们正在放花，就赶紧找了出来，让我们一起放。他是个英国人，太太是美国人，结婚之后来到了这里。他知道今天是我们中国的国庆节。

我们谢过他，他站在我们的旁边，看我们点燃他拿来的那枚硕大的礼花，那枚礼花蹿天猴一样飞上天空，先是一声礼炮一样的巨响，然后伞一样地打开，垂下金丝菊一样的花瓣，纷纷如雨而下。大家都叫了起来。他的这枚礼花，给这个异乡的国庆节增添了别样的色彩。

今年的国庆节又要到了，我不在美国这座小城，儿子一家还在，他们买了好多礼花，准备在国庆节的晚上放。不知道邻居的这位好心而热心的英国人，还能不能再增添一枚别样的礼花？不是我贪心，我喜欢那种大家同庆的感觉。那一晚的情景，便总能想起，仿佛昨天。

2021年9月10日改毕于北京

江文中学150周年庆 Fuxing 2021.10.7.

花儿为什么这样红

今年是我的母校汇文中学建校150周年。这是当年美国基督教会办的一所老校。1959年建北京火车站,占据了它大部分校园。1960年,我考入汇文中学,报到的时候还是到船板胡同残缺的原校址,入学时,已经进入崇文区火神庙的新校。火神庙早已不存,以前这里是一片乱坟岗子,汇文新校矗立在这里时,前面的新开辟不久的大街起名叫幸福大街;火神庙,相应更名为培新街。汇文中学,带来一个新时代清新明喻的街名。

今年也是我们汇文中学的老校长高万春逝世55周年。想起母校,忍不住想起他。如果他还活着,能参加今天建校150周年的活动,走回他曾经熟悉的校园,该多好。

高校长在汇文中学担任校长整整十年,这十年中,有我在那里读书的六年时光。尽管当时我只是一个学生，但高校长留给我的印象很深。

戴一副宽边眼镜，爱穿一身中山装，风纪扣紧系着，不苟言笑，很威严的样子。这不仅是我一个学生，而是很多学生描绘出高万春校长的肖像画。在我们同学中间，流传他的传说，最广的是他曾经在西南联大听过闻一多的课，在学校的文学创作园地《百花》墙报上，每期都有他亲自写的文章（最出名的有《李自成起义的传说》《盖叫天谈练功》），谈天说地，博古通今，让我更加信服他一定师出名门。我们学生对他肃然起敬，也充满对那个风云激荡时代的想象。但对他也多少有些害怕，远远看见他，都会躲着走。

我在汇文读书的六年里，单独见到高校长，只有两次。但是，我知道他对我青睐和照顾有加，学校破例允许我可以进图书馆里面去挑书、借书，便是他的指示。当时有很多学生不满，找到图书馆的高挥老师去吵，向学校提意见，高校长坚持自己的主见："要给爱学习的学生开小灶！"

记得我初一的班主任司老师曾经对我说，有一次，他问司老师这样一个问题："你说一名大学教授贡献大，还是一名优秀的中学老师贡献大？"不等回答，他自己说："办好一所中学，不见得比大学教授贡献小。"在他为汇文校长的那十年中，把一所拥有百年历史的老校，以德智体美全面发展的好成绩和好形象，推进至北京市中学的前茅，这是他之后历任校长再也无法企及的。

高校长最大的爱好，就是听课，所以，年轻的老师，和我们学生一样，都有些怕他，怕他搬来一把椅子，坐在教室后面听课，课下来之后，检查他们的教案和备课笔记。他是教学的行家，老师哪里讲得好，哪里讲得不好，他听得出来。他对老师们讲："讲课要像梅兰芳唱戏一样，一句唱词一个唱腔，要反复琢磨，要精益求精，要追求艺术效果。"他是把讲课当作艺术来看待的。

第一次单独见高校长，是高一，下午放学的时候，班主任老师叫住我，让我到校长室去一趟，说高校长找我。我有些惴惴不安，一般学生被叫到校长室，不会有什么好事，总是犯了错误被叫去受训的居多。我心里在想，自己犯了什么事吗？会不会把我找去批评我？

校长室在一楼，我敲门进去的时候，高校长正襟危坐在办公桌前。他没有让我坐下，只是先问我最近的学习情况，然后又告诫我要谦虚，不要骄傲翘尾巴，最后，拉开办公桌的抽屉，拿出一个牛皮纸袋递给我，告诉我："这是一本英文版的《中国妇女》杂志，你的一篇作文翻译成了英文，刊登在上面了。"

我松了一口气，原来是好事。我站在那里，等着他继续训话。但是，没有了，他摆摆手，放行，让我走了。刚走出校长室，在楼道里，我就打开了杂志，一看，是我的那篇作文《一幅画像》，翻译成了英文，还配发了一幅插图。初三那年，我的这篇作文参加北京市少年儿童作文比赛获奖，奖品是一支钢笔和一本新华字典，虽然不大，并不起眼，但高校长指示把这两个奖品放在教学楼大厅的展览柜里展览，给我很多鼓励，还有小小的虚荣。

我到现在还记得，那天在校长的办公室里看到，靠墙有一个长条背靠椅，后来我听班主任老师说，高校长就是在这个长椅子前面再加一把椅子，把它们当成了床，常常晚上不回家，睡在这上面。

第二次是在我读高二的时候，有一天下午放学早了点儿，我和一个同学下楼，边下楼梯，边哼唱起来《花儿为什么这样红》。那时候，正放映电影《冰山上的来客》，这首雷振邦作曲的电影插曲很走红，很多人都爱唱，我们也是刚刚学会的。那时，我们的教室在三楼，我们两人从三楼走到一楼，也从三楼哼哼地唱到一楼。走到一楼前的最后几个台阶的时候，我们看见，高校长正一脸乌云站在一楼的楼梯口等着我们呢。

我们收住了歌喉，惴惴不安地走到他的跟前，他沉着脸，劈头盖脸问了我们一句：你们说说，花儿到底为什么这样红？

我们两人吓得什么话也说不出来。

高校长又严厉地对我们说道：你们不知道吗？高三

的同学还在上课!

我们才忽然想到,高三年级各班的教室都在一楼,为了迎接高考,他们得加班加点上课。

高校长说完,转身走了,我们两人赶紧夹着尾巴溜出了教学楼。

高二的那年,我当了一年学校学生会的主席。我知道,这是个荣誉差事,没有多少工作,只是负责学校大厅的黑板上每周一次的黑板报,每学期一次全校运动会和文艺汇演,还有每学期的开学典礼的文艺演出。

高三开学典礼的文艺演出准备工作,还是由我们这一届的学生会负责,开学之后,学生会换届选举,我就可以卸任,准备紧张的高考了。就在准备文艺演出的一天下午,我正在学校礼堂的舞台上和同学们一起忙活,一个同学跑上台,对我说范老师找我。范老师是负责我们学生会的教导处的主任。我跟着这个同学走下舞台,往礼堂外面走,刚走到门口,看见范老师正坐在最后一排的椅子上。他身边还坐着两位老师,一男一女,我都不认识。

范老师见我走了过来,站起来,向我介绍,原来是中央戏剧学院表演系的两位老师。男老师教形体课,女老师教表演课。我很有些奇怪,不知道他们找我有什么事情。说句很羞愧的话,当时,我确实见识很浅陋,从来没有听说过北京还有一个戏剧学院。

范老师告诉我,这两位老师是专门来咱们学校招收学生的,他们看中了你!

我更是有些吃惊,因为当时我一门心思只想考北大,对于戏剧学院一无所知,对于表演系更是一头雾水。两位老师非常热情,对我说:以前不了解,没关系,到我们学校参观一下,不就了解了嘛!

于是,我被邀请参观了中央戏剧学院,由这两位老师陪同,观看了戏剧学院学生当年演出的话剧《焦裕禄》。我第一次走进了正规剧院的后台,那是和我们学校舞台一侧简陋的后台无法相提并论的。鲜艳的服装,化妆的镜子,喷香的油彩,迷离的灯光,色彩纷呈的道具……以一种新奇而杂乱的印象,一起涌到一个中学即将毕业、有些好奇有些兴奋又有些不知所措的少年面前。

不过,我一直很奇怪,我根本不认识这两位戏剧学院表演系的老师,他们是怎么知道我的呢?我把这个疑问抛向了范老师,他告诉我:艺术院校是提前招生,所以,这两位老师老早就来过咱们学校好几次了,想找一个能写也能演的学生,希望学校推荐合适的人选,是高校长推荐了你!

我的心里,对高校长很有些感激。

一直到从汇文中学毕业,离开这所学校,我再也没有见过高校长。

忽然想起曾经学过的语文课文,鲁迅的《从百草

汇文中学老校门 FuKinG 2021.10.7.

园到三味书屋》中说过的话："我将不能常到百草园了。Ade，我的蟋蟀们！Ade，我的覆盆子们和木莲们！"

我也要说：我将不能常到汇文中学了。Ade，我的校园！Ade，我的老师们和高校长！

2021年9月2日改毕于北京

可爱的中国

1960年,我考入汇文中学。这是一所有革命传统的学校,彭雪枫将军就是从这所学校毕业的,"三一八惨案"中唐谢二君的烈士纪念碑,至今仍矗立在校园里。

读初一时,我的班主任是司老师,他高中毕业留校不久,也就二十岁出头的样子。面色黧黑,身材瘦削,富于朝气和激情。第一堂课,他没有讲别的,先向我们介绍了方志敏烈士的事迹和他写的《可爱的中国》,然后,大段大段背诵了《可爱的中国》中的段落,气势磅礴,如同高山滚滚落石,先把我们砸晕。

六十一年过去了,眼前总还浮现他背诵时的样子。他的背诵充满激情,他的眼睛在厚厚的镜片后闪闪发光,教室里一下子安静异常,只有窗外高大的白杨树叶摇出哗哗的响声,如同涨潮时翻滚的海浪,在为司老师、为方志敏伴奏。

"到那时，中国的面貌将会被我们改造一新……到那时，到处都是活跃的创造，到处都是日新月异的进步；欢歌将代替了悲叹，笑脸将代替了哭脸，富裕将代替了贫穷，康健将代替了疾苦，智慧将代替了愚昧，友爱将代替了仇杀……明媚的花园将代替了凄凉的荒地……这么光荣的一天，决不在辽远的将来……我们可以这样的相信的，朋友！"

司老师背诵的《可爱的中国》中这几段话，我至今记忆犹新。那情景恍如昨日。一位英雄，一个老师，一篇文章，一次激情洋溢的朗诵，对于一个少年的影响，竟然是一辈子的。那一年，我十三岁。

在此之前，我没有读过方志敏的《可爱的中国》。司老师朗诵得好，方志敏写得好，那一连串的排比，水银泻地一般，把对祖国的热爱和对未来的向往，抒发得那样激情澎湃，像国庆节天空中绽放的璀璨礼花，燃烧得我们每一个同学的心里火热而明亮。

我渴望读到《可爱的中国》的全文。没过多久，我在前门旧书店里买到了《可爱的中国》，这是一本薄薄的小册子，1952年人民文学出版社出版。这本方志敏牺牲之前写下的著作，几经辗转，由鲁迅先生保存，一直到新中国成立之后才得以出版，更凸显其不凡的价值。世上有很多书，连篇累牍，厚厚如同砖头，精装宛似豪宅。

但是，书从来不以薄厚精粗论英雄，正如人的生命价值不以长短为标准，方志敏只活了三十六岁，却顶天立地；他的一本薄薄的《可爱的中国》，却是中国革命史和中国文学史绕不过去的一座丰碑。

回到家，我一口气读完《可爱的中国》。这本书中还收录了方志敏的另一篇散文《清贫》。我从未有过这样读书的激动，在那样贫穷落后、黑暗残酷而且时刻面临生命威胁的年代，方志敏对祖国充满那样深厚而不可动摇的感情，充满那样坚定而不可动摇的信心，寄托着那样多美好的向往和心愿，不是每个人都可以做到的，也不是仅仅靠生花妙笔可以写出的。

在《可爱的中国》中，还有这样一段话，我也非常喜爱："朋友，中国是生育我们的母亲，你们觉得这位母亲可爱吗？我想你们是和我一样的见解，都觉得这位母亲是蛮可爱蛮可爱的。"然后，他以丰富的想象和真挚的情感，将中国温暖的气候比之母亲的体温，将中国辽阔的土地比之母亲的体魄，将中国的生产力、地下宝藏、未曾利用的天然力比之母亲的乳汁，将中国绵延的海岸线比之母亲的曲线，将中国自然美景比之就是母亲这样天生丽质的美人……

我不知道将祖国比喻成母亲，方志敏是不是第一人，我是第一次看到，感到那样的贴切生动，含温带热，充满情感。他那又是一连串热情奔放的排比，绝对不是靠修辞方法可以书写出来的，是对于祖国母亲深厚情感的情不自禁又无可抑制的流露，是心的回声，是血液的奔涌，激荡着一个十三岁少年的心。

如果说少年时代，哪一位英雄最难以让我忘怀，是方志敏！从那以后，方志敏留给我抹不掉的记忆。想起他来，眼前总会浮现那张牺牲前他披着棉大衣、拖着沉重脚镣的照片所呈现的威武不屈的形象（后来我看到一幅以此形象创作的版画，黑白线条爽劲醒目，印象至今难忘。前年底在中国美术馆里看到这幅木刻，没有我想象的那样大，但站在它面前，凝视着，心里那样的感动，久久没有离开，仿佛看见了方志敏，也仿佛看见了司老师，还有少年的我）。为此，我心里一直非常感谢司老师为我们朗诵了《可爱的中国》，在我刚上中学的时候，为我推荐了这本一辈子难忘的好书。

司老师只教我初一一年，中学毕业之后，我再也没有见过他。一直到1986年的夏天，我在中宣部的一间会客厅里，才再次见到司老师，也才知道他已经是中宣部的一个司长，负责中学教育。当时，我的长篇小说《早恋》引起争议，特别是一些来自中学校长和老师的反对，书已经在印刷厂准备印刷了，不得不停印下来。这部书的责编、北京十月文艺出版社的吴光华先生不服气，带着我，拿着书，找到中宣部评理。没有想到出面接待我们的是司老师。司老师把书留下了，说看完后再提具体的意见。

阔别多年的重逢，司老师笑着对我说：一直关注你的写作。希望你多写点儿，写好点儿！我对身边的吴光华提起了当年司老师为我们全班同学大段大段背诵了《可爱的中国》的情景，司老师听了笑了起来。逝者如斯，日子在时代的动荡和变迁中飞逝，我和司老师的人生都发生了重大的变化。心里揣测，不知这本《早恋》，司老师看过之后，会有什么看法。他的位置，会让他的意见举足轻重，甚至决定着这本书的命运。他很快就看完了，传达了他的意见，觉得写得挺好的，没有问题。书顺利地出版了。

从那以后，一直到前些年，我才又一次见到司老师。他和我都已经退休，只是他还操心着中学教育的事情。他打电话问我能不能到四川绵阳给中学师生做一个文学讲座，我当然是义不容辞。过不久，在母校汇文中学新建的一所初中分校里，我和学校的语文老师座谈语文教学，司老师也参加了。他正在这所学校帮助进行教学改革。会后，学校派车送我和司老师回家，在路上，我知道了他的儿子到美国读完博士，在普渡大学当老师。我知道，司老师结婚晚，但听到他的孩子都已经结婚生子而且当了大学的老师，还是觉得日子过得飞快。在我的印象里，总还是定格在初一那一年他大段大段背诵《可爱的中国》的情景里。那时，他是那么的年轻！

十五年前的一个冬末,我去美国,那是我第一次到美国,在芝加哥,借住在一位留学美国攻读历史的博士的公寓里,那时,他回国探亲,正好房子空着,好心让我来住。在美国读博尤其是文科的博士,不那么容易,他来美国已经十多年了,快四十了。这么大的年纪,还坚持读博,终于完成了博士论文,得到了导师的认可,正艰难地等待着出版社最后的审定出版,其中艰辛的心路历程,真是不容易。

在他的书架上,摆满各种英文和中文的书,闲来无事,我翻他的书,忽然发现有一本方志敏的《可爱的中国》,居然是和我当年买的同样的版本。尽管封面已经破旧、褪色,却突然间在心中涌起一种他乡遇故知的感觉。重读这本书,那些曾经熟悉得几乎可以背诵下来的段落,迅速将我带回初一时的青葱岁月,想起司老师的激情背诵,想起自己买到这本小册子回家一口气读完情不自禁地抄录……

这位老博士从家回到美国后,我和他聊起了这本《可爱的中国》。我告诉他我少年时的经历、司老师的朗读、我买的旧书等。他告诉我读博出国前,尽管筛选下好多书没有带,但还是从国内海运了满满两大箱子书,其中没有忘记带上这本《可爱的中国》。他很喜欢这本书,这本书会让他想起祖国。

他问我:这本书里还有一篇《清贫》,你看了吧?

我点点头，说看了。

他接着说，方志敏说："清贫，清白朴素的生活，正是我们革命者能战胜许多困难的地方。"方志敏被捕的时候，仅仅从他的身上搜出一块手表、一支钢笔和两块铜板。想想如今那些贪污受贿动不动就是几千万甚至上亿的人，你会不会很感慨？如果像方志敏这样的革命者多一些，可爱的中国，是不是会更可爱？

在异国他乡，他的这一番话，让我难忘。那是他的，是我的，也是司老师的，对于祖国的一份感情和一份期望。那一夜，因谈起方志敏的《可爱的中国》，我想起了司老师，想到了很多。

2021年9月1日于北京

重访林海音故居

林海音在北京居住多年,故居应该有多处,如今,硕果仅存,只有南柳巷一处。其实,说故居,也谈不上,1931年林海音父亲的弟弟因抗日被日本鬼子杀死在大连,父亲去大连收尸后回来气愤不平吐血而亡,家境日渐败落,母亲领着全家八口,只住在这里北房靠西头的两间。因是晋江老乡,免收房租,那时候落难的林家,日子过得很是清苦。没有这样一段日子,大概也就没有日后林海音的《城南旧事》。

2005年夏天,一个雨后的午后,我第一次去晋江会馆,小院里三棵老槐树落满一地的槐花如雪,非常夺人眼目。那是林海音住在这里时就有的老槐树。住在这里的老街坊新邻居,这半个多世纪以来住房紧张,却没有嫌这三棵老槐树碍事,没有砍掉它们腾出地方去搭建小房。想起我童年住过的老院粤东会馆，也曾经有三棵前清留下来老枣树，可惜后来为了盖小房，都砍掉了。

那时的街坊真是热心肠，不仅容忍了我冒昧的打扰，各家在家的人几乎还都出了屋，七嘴八舌地热情地和我这个陌生的闯入者聊起天来。他们很骄傲，因为林海音是从这个院子里走出来的作家，林海音的小说，他们没看过，但根据小说改编的电影《城南旧事》，他们都看过。他们纷纷对我说起1990年和1993年林海音两次来到这个院子时的情景，当时她拉着老人站在大门口照相。"在台湾、澳门、香港的报纸上发表文章的时候，都配了这张照片。"

住在当年林海音一家那两间北房的老街坊，指着他们的房子对我说：你看这房顶的老瓦还都在，但房子已经漏雨。房管局好几次来人要帮我们修房，我们都没让他们修，一修就得把房顶挑了，房顶的老瓦就没了，铺上水泥顶，还能看出来当年的晋江会馆老样子吗？林海音再回来，还能认识她们家吗？

我连连夸赞他们：你们保护晋江会馆有功啊！他们连连摆手说：要说保护，得说我们院里的王大妈，原来大门上有晋江会馆的匾额，是她老人家给收了起来，一直放在她家的床铺底下，这么多年藏得好好的，没让人给砸了。说着，他们带我来到西厢房边上的小院落里，一块两米多长半米多宽的木匾竖着立在那里，木匾用塑料袋包着，足见街坊们的细心。我打开塑料袋，"晋江邑馆"四个黑色的颜体大字赫然在目，虽然一百多年的岁月剥蚀，木料已经老化，有地方甚至木质疏松，但字迹还是那样清晰，铁画银钩，很有力量。我想给这块老匾照张相，街坊们忙帮我把匾抬到院子中央，说这里宽敞些，光线也好些。

前两天的一个早晨，重访旧地，南柳巷已经重新整修过，院落外墙涂饰一新，每个院子的大门旁，多了一个用水泥雕塑成的门牌号，颇有点儿艺术气息。街面也整洁了许多，除了坐在院子门口乘凉的几个老人，小巷清净，烟霭蒙蒙，仿佛回到当年林海音住在这里的年月里。小时候的林海音，倚着门口看骆驼、看疯女人、看胡同口唱梨花鼓似的耍着铜碗卖酸梅汤的小贩；好像她正放学回家，从小巷口跑过来，用化石顺着别人家的墙上画，一直画到自己家门口。

晋江会馆大门紧锁，大门两侧，多了晋江会馆介绍和西城区文物保护的几块牌子。晋江会馆原来有 40 号和 42 号两个大门，按照旧时的格局，大门应该在 42 号，进 42 号门，是一溜两面高墙相夹的过道，然后，是真正的院门，2005 年来时，门旁还残存一个老门墩。进这个院门去之后，左手有一座影壁，影壁后面有一扇月亮门，月亮门里才是晋江会馆的四合院。如今，42 号最外面的门还在，但深深的过道已经被堵死，42 号已经名存实亡。

南锣巷蓉江会馆林海音故居 Ruxing 2021.7.18.

会馆介绍和文物保护牌子，只好勉为其难挂在40号院门旁。这应该是后开的门，北京老四合院都是有讲究的，怎么会紧挨着正房横空出世开一扇院门呢？

只能在外面张望。幸好，北房顶的老鱼鳞瓦还在，紧挨着院门的那两间北房，就是林海音的家。院里三棵老槐树还在，长得更高，窜出院墙，枝叶探人。正是槐花盛开的时候，一树槐花如雪，让我想起2005年来时的情景。

十六年过去了。站在院门外愣了会儿神，想起十六年前见到那些素不相识的老街坊们，让我心存总忘不了的感动。在这里，林海音离我那么近；在这里，文学比在书店和图书馆离普通人更近。

2021年8月9日于北京雨后

三友图

一

我和老傅是高中同班同学。我们住得很近,我住在胡同的中间,他住在胡同的东口,天天抬头不见低头见。高中毕业那年,赶上"文化大革命",闹腾了一阵子之后,我们两人都成了逍遥派。天天不上课,整天摽在一起。

除了天马行空地聊天,无事可干,一整个白天显得格外长。我从语文老师那里借来了一套十本的鲁迅全集,在前门的一家文具店里,很便宜地买了一个处理的日记本,天天跑到他家去抄鲁迅的书,还让老傅在日记本的扉页上帮我写上"鲁迅语录"四个美术字。

老傅的美术课一直优秀,他有这个天赋。那时,我是班上的宣传委员,每周在教室后面的黑板上出一期板报,在上面画报头或尾花,写美术字,都是老傅的活儿。他可以一展才华,在黑板报上龙飞凤舞。

看我整天抄录鲁迅,老傅也没闲着,找来一块木板,又找来锯和凿子,在那块木板上又锯又凿,一块歪七扭八的木板,被他截成了一个课本大小的长方形的小木块,平平整整,光滑得像小孩的屁股蛋。然后,他用一把我们平常削铅笔的小刀,是那种黑色的,长长的,下窄上宽而扁,三分钱就能买一把——开始在木板上面招呼。我凑过去,看见在木板上他已经用铅笔勾勒出了一个人头像,一眼就看清楚了,是鲁迅。

于是,我们都跟鲁迅干上了。每天跟上课一样,我准时准点地来到老傅家,我抄我的鲁迅语录,他刻他的鲁迅头像,各自埋头苦干,马不停蹄。我的鲁迅语录还没有抄完,他的鲁迅头像已经刻完。就见他不知从哪儿找来一小瓶黑漆和一小瓶桐油,先在鲁迅头像上用黑漆刷上一遍,等漆干了之后,用桐油在整个木板上一连刷了好几层。等桐油也干了之后,木板变成了古铜色,围绕着中间的黑色鲁迅头像,一下子神采奕奕,格外明亮,尤其是鲁迅的那一双横眉冷对的眼睛,非常有神。那是那个时代鲁迅的标准像、标准目光。

我夸他手巧,他连说他这是第一次做木刻,属于描红模子。我说头一次就刻成这样,那你就更了不得了!他又说看你整天抄鲁迅,我也不能闲着呀,怎么也得表示一点儿我对鲁迅他老人家的心意是不是?

望着这帧鲁迅头像,我很有些激动。这是他二十岁也是我二十岁对鲁迅的天真却也纯真的青春向往啊。

二

俊戌也是我高中的同班同学,我们两家住得也不远,出我住的那条老街东口,过马路就是他住的花市上头条。他不怎么爱说话,为人忠厚,在班上不显山显水。我和他熟悉起来,是读高三之后。那时候,他和我一样爱好文学,特别爱读古诗词,说起话来,文文绉绉,古风幽幽,同学给他起了个外号:"老夫子"。

论起古诗词,他读得比我多,有时,我向他讨教;偶尔,我们都会写上几首,模仿古人那样,相互唱和,成了彼此的知音。"文化大革命"中,我去北大荒,他留在北京,在人民机器厂上班。刚到北大荒之后,他就驰书一封,写诗寄我:难断天涯战友心,区区尺素情谊真;相思只觉天地老,日月应怜相忆人。我读后非常感动,觉得他是重情重义之人。以后,每年从北大荒回家探亲,我们都要聚聚,叙叙友情,一去经年,不觉天人俱老。

1969年冬天,我从北大荒回北京探亲。那时,我弟弟在青海油田当修井工,知道我想买块手表,可那时候手表是紧俏商品，国产表要票券，外国表要高价。我弟弟来信对我说，他有高原和野外工作的双重补助，收入比我高好多，说赞助你多花点儿钱买块进口的表吧。

回到北京，一打听，进口手表也不那么好买，来了货后要赶去排队，去晚了，就买不到了。关键是不知道什么时候来货，我在北京休假只有半个月的时间，心想买表的事告吹了。

俊戌听说后找到我，自告奋勇说：这事交给我了！我有些不好意思，因为要勤打听，还要去赶早排队，得请假。他对我说：你就甭跟我客气了，谁让我在北京呢！

前门大街街西紧邻中原照相馆有家亨得利钟表店，多方打听好确切的时间，为万无一失，买上这块表，天还没亮，他就从家里出来，骑上自行车，赶到亨得利钟表店排队，排在最前面，帮我买了块英格牌的手表。那天，下了整整一夜的大雪，到了早晨，雪还在纷纷扬扬地下。

那时候，他自己还没有一块手表。这让我很过意不去，他对我说：你在北大荒，四周一片都是荒原，有块手表看时间方便。我在北京，出门哪儿都看得到钟表，站在我家门前，就能看见北京火车站钟楼上的大钟，到点儿，它还能给我报时呢！

五十二年过去了，亨得利店没有了。英格老手表还在。

三

老朱也是我中学同班的同学。大家都叫他老朱,是因为他留着两撇挺浓挺黑的小胡子,显得比我们要大,要成熟。他是我们班的团支部书记,主持开支部大会,颇有学生干部的样子,很是老成持重。

高一到农村劳动,我突然腹泻不止,吓坏了老师,立刻派人送我回家。派谁呢?天已经渐渐黑了下来,出了村四周是一片荒郊野地,听说还有狼。老朱说:我去送吧!他赶来一辆毛驴车,扶我坐在上面,便扬鞭赶出了村。那是他生平第一次赶毛驴车,十几里乡村土路,就在他的鞭下,颠簸着在毛驴车的轮下如流逝去。幸亏那头小毛驴还算听话,路显得好走了许多,只是天说黑一下子就黑了下来,四周没有一盏灯,只有星星在天上一闪一闪,一弯奶黄色的月亮如钩,没有了在天文馆里见到的星空那样迷人,真觉得有些害怕,尤其怕突然会从哪儿蹿出条狼。

一路上,我的肚子疼得很,不时要跳下车来跑到路边窜稀,没有一点气力说话,只看他赶着车往前走,也不说话,我知道他和我一样也有些怕,前不着村后不着店的,我们像被罩在一个黑洞洞的大锅底下,再怎么给自己壮胆,也觉得瘆得慌。我不知道老朱独自一人赶着那辆小毛驴车是怎样回村的,可以想象荒郊野外,夜路蜿蜒，夜雾弥漫，不是那么容易走的。

童年和少年还没来得及回味，我们就长大了。

1968年夏天，我和老朱去北大荒，离开北京之前，约上老傅和俊戍，一起来到崇文门外的崇文食堂，想如荆轲风萧萧兮易水寒壮别一样，开怀痛饮一番。掏遍了衣袋，只有老朱掏出两角六分，买一瓶小香槟，倒在四只杯中，瓶底还剩下一点儿，老朱说了句文绉绉的学生腔："谁还觉得欠然？"没人说话。老朱举起瓶，将瓶中酒分成四份洒在每人的杯中。我们四人便一起举杯，再无豪言壮语，默默地一饮而尽。从此，悲欢离合一杯酒，南北东西万里程。

我和老朱坐着同一列火车离开的北京。那一天，老傅和俊戍说好了，来为我们送行，俊戍早早就来了，哭成了泪人。老傅独自一人要去内蒙古插队，心情格外颓丧，我以为他不会来了。火车拉响了汽笛，缓缓驶动了，才见老傅抱着个大西瓜向火车拼命跑来。我把身子探出车窗，使劲向他挥着手，大声招呼着他。他气喘吁吁地跑到我的车窗前，先递给我那个大西瓜，又递给我一个报纸包的纸包，连告别的话都没来得及说一句，火车加快了速度，驶出了月台。

打开纸包一看，是他刻的那帧鲁迅头像。

2021年8月8日立秋后一日于北京

琉璃厂西街西口 Ruxing 2021.7.10.

孙犁和柳宗元
——孙犁读记

在唐代诗人之中，孙犁先生对柳宗元情有独钟。四十三年前，1978年底，孙犁先生写过一篇题为《谈柳宗元》的文章。这篇文章收录在粉碎"四人帮"后出版的孙犁先生第一本书《晚华集》中。这本书很薄，但很重要，内容丰富，其中主要涵盖这样三方面内容：对故土乡亲和对自己创作的回忆；对逝去故旧、对劫后余生老友的缅怀和感念；对古今典籍的重读新解。前两方面并非"今夕复何夕，共此灯烛光"单纯的怀旧，而是以逝去的过去观照现实，抒发对今日的感喟；后一方面则道出孙犁先生重新握笔为文的旨向，也可以视之为文的小小宣言。两者是互为关联、彼此促进的，可以明显触摸得到孙犁先生当时情和感、文与思的两个侧面是如何相互渗透，从而激发他晚年创作的高潮。

《谈柳宗元》是这本书中的最后一篇文章。在我的阅读经验中，一直觉得是这本书中最值得重视的一篇文章。它着重谈的是对于柳宗元为文品质与文人性格长短强弱的评价。有意思的是，文章的开头谈的却是文人的友情，孙犁先生开门见山地说："朋友是五伦之一。这方面的道义，古人看得很重。""讲朋友故事的文学作品，在中国有相当大的数量。"然后，他谈到了刘禹锡和柳宗元这两位文坛朋友之间的友情。但是，他未及深说，只写了一句："柳宗元死后，他的朋友刘禹锡一祭再祭，都有文章。"便戛然而止。

这让我格外好奇，甚至有些不解。因为从文章的一头一尾看，都是主要写朋友之间的友情，开头以古人始，结尾以现实止，前后的呼应和镜像关系是明显的。为什么在中间的部分只是这样一笔带过，宕开来去，而没有将柳宗元和刘禹锡之间的友情写下去呢？

柳宗元和刘禹锡的友情，在唐代诗人中是格外突出的。他们二人不仅同为永贞革新的八司马中的"二马"，政治趋向一致；他们的诗文同样趣味相投，追求一致；更重要的是他们的品性相同，方才在落难之时的残酷现实中，越发见得惺惺相惜的真情所在。后一点，对于友情而言，似乎比文字更加可靠。如此，在他们二人同时二次被贬时，柳宗元是贬至广西柳州，刘禹锡是贬至更为边远贫寒的贵州播州，而且，刘禹锡还要带着年逾八十的老母，一路崎岖长途颠簸，舟船车马劳顿，需要三四个月时间，才能从长安到达播州，风烛残年的老人怎么受得了！于是，柳宗元上书皇上求情，请求自己和刘禹锡对换，让刘禹锡带着老母到近一些的柳州，自己远去播州。这样的高情厚谊，即使是当今日下的文人，恐怕也难以做到，更不要说一些人争名夺利还来不及呢，哪里谈得上让自己忍痛割肉。

这是柳宗元对刘禹锡的友情，反过来，刘禹锡对柳宗元，一样如此真情以待。柳宗元47岁英年之时客死他乡，是刘禹锡收留下柳宗元的几个孩子，发誓"遗孤之才与不才，敢同己子之相许"，将这几个孩子抚养成人，并将其中一个孩子培养成了进士。同时，他完成了柳宗元的遗愿，耗时五年之久，终于将柳宗元的诗文收集编辑出版。正如孙犁先生所说，柳宗元死后，刘禹锡不仅写文章"一祭再祭"，还为柳宗元的文集出版尽心尽力，并亲自作序推介。

文人之间的友情，做到柳宗元和刘禹锡如此，实在是令人叹为观止。史上与现今，并非没有，却极为罕见，我想到的是放翁和四川老友张季长的旷世友情，放翁曾有这样一句诗赠张："野人蓬户冷如霜，问讯今惟一季长。"所谓"惟一"，确如少见。所谓"野人蓬户冷如霜"，在这样的境遇下的"惟一"，才更是确如少见。

这样想来，便也就多少明白孙犁先生在《谈柳宗元》

中，未及深说柳宗元和刘禹锡之间友情的内心潜在原因。孙犁先生在这篇文章中有意留白给我们读者。我这样说，不是没有来由的，因为在这篇文章中孙犁先生未及深说，在其他文章却有明显的涉及。这些文章，和《谈柳宗元》为同一时期所写，都收集在《晚华集》和《尺泽集》两书中。

在《谈赵树理》一文中，孙犁先生谈到文人与政治环境的关系，他说："政治斗争的形势，也有变化。上层建筑领域，进入了多事之秋，不少人跌落下来。作家是脆弱的，也是敏感的。"作家所面临的，是"毁誉交于前，荣辱战于心"的新环境。孙犁先生很清楚，在这样动荡的新环境里，虽然不少文人和柳宗元与刘禹锡遭受过一样的颠簸命运，但如今的文人的脆弱与敏感，是难以达到柳刘二人的友情境界的。如果仔细读《谈柳宗元》一文，孙犁先生提到读韩愈的《柳宗元墓志铭》时特别有意写了这样一笔："在这篇文章里，我初次见到了'落井下石'一词和挤之落井的'挤'字。"这一笔恐怕不是挂角一将。真的是对曾经的朋友不去落井下石和挤之落井，就已经不错了，哪里谈得到如柳宗元上书皇上，要求和刘禹锡置换流放地一样的舍己为人？

在《读柳荫诗作记》一文中，孙犁先生有过这样一段关于简化字"敌"的议论，非常有意思："自从这个'敌'被简化，故人随便加上一撇，便可以变成'敌人'。

因此，故人也已经变得很复杂了。"这样含义深长、别致精彩却又痛彻心扉的话，可以作为现实文人之间脆薄友情变化的另一种形象补充。

在《韩映山〈紫苇集〉小引》一文中，孙犁先生写出在这样情势下文人的变化："这些年，在我交往的人们中间，有的是生死异途，有的是变化百端的……即使文艺界，也不断出现以文艺为趋附的手段，有势则附而为友，无势则去而为敌的现象。实际上，这已经远劣于市道之交。"这样的话，说出来是沉痛的，却是孙犁先生亲历后的喟叹。文坛"已经远劣于市道之交"，更遑论柳刘之间文人的友情？

在《忆侯金镜》一文中，孙犁谈到朋友之间的文章如何评论的问题，他写道："对于朋友的作品，是不好写的也不好谈的。过誉则有违公论，责备则又恐伤私情。"文人之间的友情，不可能回避作品，作品是友情重要的载体和通道。但对于保持操守、恪守颜面的文人来说，谈论彼此的作品，确实又是很难的，于是，今天文人之间难以做到如刘禹锡一样对柳宗元诗文作品发自深心盛赞的情景，因为那既含有私情，又饱有公论，而不是区区为了评奖或晋级或为卖书而站台式的捧场。

从这些文章的互文互补里，可以品出一些在《谈柳宗元》中未及深说文人之间友情的留白意味。因此，再读《晚华集》后记中这一段："我才深深领会，鲁迅在三十年代所感慨的：古人悼念朋友的文章，为什么都是那样的短，而结尾又是那么的紧迫！同时也才明白，为什么名家所作的碑文墓志都是那么的空浮漂虚。"这一段话，说得言简意深，发人深省。我多少领会一些孙犁先生内心所隐和所苦、所思和所叹。即使是朋友之间，能够完全说出真实的话来，也是困难的，尤其对于脆弱又敏感的文人，格外看重名节又格外能出卖名节的文人，更是困难。不知道柳宗元和刘禹锡如果活到今天，会不会一样拥有这样的困惑？还是一如既往地保持着当年的风范，经受得住考验，能够向世人证明一下，文人之间的友情，并不是"远劣于市道之交"？

2021年7月28日写毕于北京雨中

邮局！邮局！

对于邮局，我一直情有独钟。在我的印象中，某些特殊的行业，都有自己的代表颜色，医院是白色的，消防队是红色的，邮局是绿色的。为什么邮局是绿色的，我一直不明就里，但一直觉得绿色和邮局最搭，邮局就应该是绿色的。绿色总给人以希望，人们盼望信件的到来，或者期冀信件寄达的时候，心里总是充满期待的。

小时候，家住的老街上，有一家邮局。它在我们大院的斜对门儿，一座二层小楼，门窗都漆成绿色，门口蹲着一个粗粗壮壮的邮筒，也是绿色的。这样醒目的绿色，是邮局留给我最初的印象。远远望去，那邮筒像邮局的一条看门狗，只不过，狗都是黄色或黑色，没见过绿色的狗，就又觉得说它是邮局的门神更合适。可惜，这样颇有年代感的邮筒，如今难得一见了。

这家邮局，以前是一座老会馆的戏台，倒座房，建在会馆的最前面，清末改造成了邮局，是老北京城最早的几家邮局之一。我第一次走进这家邮局，上小学四年级。那时的邮局，兼卖报纸杂志，放在柜台旁的书架上，供人随便翻阅挑选。我花了壹角柒分钱，买了一本上海出的月刊《少年文艺》，觉得内容挺好看的，以后每月都到那里买一本。读初中的时候，父亲因病提前退休，工资锐减，在内蒙古风雪弥漫的京包线上修铁路的姐姐，每月会寄来30元钱贴补家用。每月，我会拿着汇款单，到这里取钱，顺便买《少年文艺》。每一次，心里都充满期待，都会感到温暖，因为有《少年文艺》上那些似是而非的故事，在那里神奇莫测地跳跃；有姐姐的身影，朦朦胧胧在那里闪现。

读初中的时候，我看过长春电影制片厂的一部电影《鸿雁》。不知为什么，这部电影，留给我印象很深，至今难忘，尽管只是一部普通的黑白片。那个跋涉在东北林海雪原的邮递员，怎么也忘不了。我想象着，姐姐每个月寄给家里的钱，我给姐姐写的每一封信，也都是装在邮递员这样绿色的邮包里吗？也都是经过漫长的风雪或风雨中的跋涉吗？每一次这么想，心里都充满感动——对邮局，对邮递员。

那时候，邮递员每天上下午两次挨门挨户送信，送报纸。他们骑着自行车——也是绿色的，骑到大院门口，停下车，不下车，脚踩着地，扬着脖子，高声叫喊着谁谁家拿戳儿！就知道谁家有汇款或挂号信来了。下午放学后，我有时会特别期盼邮递员喊我家拿戳儿！我就知道，是姐姐寄钱来了。我会从家里的小箱子里拿出父亲的戳儿，一阵风跑到大门口。戳儿，就是印章。

除了给姐姐写信，我第一次给别人写信，是读高一的时候，给一位在别的学校读书的女同学。放学后，我一个人躲在教室里，偷偷地写完信。走出学校，我不会坐公交车，而是走路回家，因为在路上，会经过一个邮局，我要到那里把信寄出去。邮局新建不久，比我家住的老街上的邮局大很多，夕阳透过大大的玻璃窗，照得里面灿烂辉煌。我第一次来的时候，一切显得陌生，但那绿色的邮箱，绿色的柜台，又一下让我感到亲切，把我和它迅速拉近。

我们开始通信，整整三年，一直到高三毕业，几乎一周往返一次。每一次，在教室里写好信，到这里买一个信封，一张4分钱的邮票，贴好，把信也把少年朦胧的情思和秘密的心事，一并放进立在邮局里紧靠墙边那个绿色的大邮箱里。然后，愣愣地望着邮箱，望半天，仿佛投进的不是一封信，而是一只鸟，生怕它张开翅膀从邮箱里飞出来，飞跑。站在那里，心思未定地胡思乱想。静静的邮箱，闪着绿色的光。静静的邮局里，洒满黄昏的金光，让我觉得那么美好，充满想象和期待。

邮局的副产品是邮票。我就是从那时候开始集邮，一直到现在。一枚枚贴在信封上的邮票，是那样的丰富多彩，即使一张4分、8分的普通邮票，也有不少品种。最初将邮票连带信封的一角一起剪下，泡在清水里，看着邮票和信封分离，就像小鸡从蛋壳里跳出来一样，让我惊奇；然后，把邮票像小鱼一样湿淋淋地从水中捞出，贴在玻璃窗上，眼巴巴地看着干透的邮票像一片片树叶从树上渐次落下来，特别兴奋。长大以后通信增多，让我积攒的邮票与日俱增。那些不同年代的邮票，是串联起逝去日子的一串串脚印，一下子会让昔日重现，活色生香。邮票，成为邮局给予我的额外赠品。邮票，是盛开在邮局里的色彩缤纷的花朵，花开花落不间断，每年都会有新鲜的邮票夺目而出，让邮局总是被繁茂的鲜花簇拥，然后，再通过邮局，分送到我们很多人的手中。

我从未想过，有一天，我会来到电影《鸿雁》里演的东北的林海雪原里。命运的奇特，往往在于不可预知性。上山下乡高潮到来，同学好友风流云散，我去的北大荒，正是那片林海雪原。离开北京时，买了一堆信封信纸，相约给亲朋好友写信。在没有网络和微信的时代，手写的书信，这种古老也古典的方式，维系着彼此纯朴真挚的感情，让人期待而珍惜。而信必须要通过邮局，通过邮递员，让邮局和邮递员变得是那么不可或缺的重要。唯如此，分散在天南地北的朋友之间的书信，才能抵达你的手中。邮局和书信，互为表里，将彼此转化而塑型，即便不是什么珍贵的文人尺牍，只是普通人家家长里短的平安书信，也成为那个逝去时代的一个注脚、一个特征，让流逝的青春时光，有了一个看得见摸得着的物证。是邮局帮助了我们这些书信的寄达和存放，让记忆没有随风飘散殆尽。邮局，是我们青春情感与记忆的守护神。

那时候，我来到的是一个新建的农场，四周尚是一片亘古荒原。夏天，荒草萋萋；冬天，白雪皑皑。农场场部，只有简单的办公泥土房，几顶帐篷和马架子，但不缺少一个邮局，一间小小的土坯房，里面只有一个工作人员，胖乎乎的天津女知青。我们所有的信件，都要从她的手里收到或寄出，每一个知青都和她很熟。但是，她不会知道，那些收到或寄出的信件里，除了缠绵的心里话，还会有多少神奇的内容，是文字表达不出的。读巴乌斯托夫斯基的《一生的故事》，他说他有个舅舅叫尤利亚，因为起义和反动政府斗争，被迫流亡日本，患上了思乡病，在他给家里寄来的最后一封信中，他请求家里在回信中寄给他一枚基辅的干栗树叶。我想起，当年在北大荒，曾经在信里寄给在内蒙古插队的同学一只像蜻蜓一样大的蚊子。一个在吉林插队的同学曾经寄给我一块贴在信纸上的当地的奶酪。那时候，我们吃凉不管酸，还没有尝到人生真正的滋味，没有像巴乌斯托夫斯基的舅舅一样患上思乡病，只知道到邮局去寄信去取信时候的欢乐和期待。

这个土坯房的小小的邮局，承载着我们青春岁月里的很多苦辣酸甜。不知去那里寄出多少封信，也不知道到那里取回多少封信，更不知道把农场的知青所有来往的信件包裹统统计算起来，会是一个多么庞大的数字。别看庙小神通却大呢！那时候，觉得我们来到天边，北京是那么远，家是那么远，朋友们是那么远，天远地远的，小小的邮局是维系着我们和外面世界联系的唯一桥梁。

我最后一次到那里，是给母亲寄钱。那一年，父亲突然病逝，家中只剩下老母亲一人，我回北京奔丧后，想方设法调回北京。终于有了机会，我可以回北京当老师，我回北大荒办理调动关系，春节前赶不回去北京，怕母亲担心，也怕母亲舍不得花钱过年，我跑到邮局，给母亲寄去30元，给母亲写了一封信，尽管母亲不识字，但我相信母亲会找人念给她听。那一天，大雪纷飞。我禁不住又想起了电影《鸿雁》。会有哪一位邮递员的邮包里装上我的信件，奔波在茫茫的风雪中呢？很长一段时间，走进邮局，总给我一种家一般的亲切感觉，因为那里有我要寄出的或收到的信件，那些信件无一不是家信和朋友们的信件，即便不是"烽火连三月"，一样的"家书抵万金"呀。

命定一般，我和邮局有着割舍不断的联系，从北大荒回到北京，写写文章之后，总会有报纸杂志、信件、稿费寄来，也要自己去邮局领取稿费，寄送信件和书籍。大约三十年前，我家对面新建了一家邮局，因为常去，和那里的工作人员都熟悉了，他们中大多都是年轻的姑娘，如果偶尔忘记带零钱了，或者稿费单上写的姓名有误，她们都会帮忙处理，然后笑吟吟对我说最近在报纸上看到我的什么文章。那样子，总让我感到亲切。有一次，到邮局取稿费，柜台里坐着新来的一位小姑娘，等她办理手续的时候，我顺手抄来柜台上的几张纸，隔着柜台，画了三张她的速写像。取完钱后，小姑娘忽然对我说：看过您写过好多的文章，上中学的时候还在语文课本上学过您的文章。受到表扬，很受用，不可救药地把其中觉得最好的一张速写送给了她。她接过画笑着说：看见刚才您在画我呢！

如今网络发达，很多邮件通过微信传递，信件锐减；稿费大多改为银行转账，稿费单也随之锐减。总还是觉得，只是虚拟的网上信件，千篇一律的印刷体字迹，没有真实的墨渍淋漓，实在无趣得很。而那稿费单是绿色的，上面有邮局的黑戳儿，让你能够感受得到邮局的存在，那张小小的稿费单留有邮局的印记，就像风吹过水面留下的涟漪。或许是从小到老，邮局伴随我时间太长，对于邮局，总有深深的感情。邮局的存在，让那些信件，那些稿费单，像淬过一遍火一样，得到了某种意义上的升华。我知道，这种升华，对于我，是情感上的，是记忆中的，像脚上的老茧一样，是随日子一天天走出来的。

科技的发达，常常顾及时代发展大的方面，总会有意无意地伤及人们最细微的感情部分，或者说是以磨平乃至牺牲这些情感为微不足道的代价。如今，快递业的迅速发展，邮局日渐萎缩——当然，也不能说是萎缩，那只是如旋转舞台上的转场一样，一时转换角色和景色而已。就像如今多媒体的存在，传统的纸质媒体包括纸质书籍受到冲击却依然存在而不会泯灭一样，邮局一样存在我们的生活中。顺便说一句，快递快，却也容易萝卜快了不洗泥，它所有的快件没有了邮票一说，这正是科技发达忽略损害人们情感的又一个例证。只有邮局才会有那样五彩缤纷的邮票，才让集邮成为一种世界艺术。想想那些古代驰马飞奔的一个个驿站，那些曾经遍布各个角落的大小邮局，那些曾经矗立在街头的粗壮的绿色邮筒。那些电影《鸿雁》里背着绿色邮包跋山涉水的邮递员……滚滚红尘中，怎么可以缺少了他们？他们曾经让我们对家人对朋友对远方充满那么多的期盼。云中谁寄锦书来，只要还有鱼雁锦书在，他们就在。

有一天，在超市里买东西，忽然，感觉面前有个熟悉的身影倏忽一闪，抬头一看，站在对面的货架前的，是一位以前认识的邮局里的工作人员。她正在望着我，显然也认出了我。三十多年前，她还只是个年轻的姑娘，风华正茂。如今，她的身边站着一个和她当年一样年轻的姑娘，她告诉我是她的女儿，又告诉我她已经退休了。日子过得这样快，她竟然和邮局一起变老。

还有一天黄昏，一个女人骑着自行车，从我身边飞驰而过。然后，她又立刻掉头，骑到我的身边，停下车，问道：您就是肖老师吧？我点点头，没有认出她来。她高兴地说：看着觉得像您！有小二十年没见您了，您忘了，那时候，您常上我们邮局取稿费寄书寄信？我立刻想起来了，那时候，她还是个刚上班不久的小姑娘呢！

那个落日熔金的黄昏，我们站在街头聊了一会儿。我在想，如果没有邮局，阔别这么多年，茫茫人海中，熙熙攘攘的街头，我们怎么可能一眼认出彼此？是邮局连接起天南地北，是邮局让素不相识的人彼此如水横竖相通。

邮局！邮局！

2021 年 7 月 13 日写于北京雨后

今年月季花放一朵 澤興

2021. 5. 18.

玩具和游戏

没有一个孩子没有玩具的,哪怕是再简单的原始玩具。因为孩子天生爱玩,玩具和游戏共生,玩具派生出很多好玩的游戏,游戏反过来激发新玩具的层出不穷,满足孩子玩的需要。

从玩具的变化,可以看到世界的发展真是神速。现在的玩具,已经虚拟到电脑和手机上玩了,花样繁多,刀光剑影,过关斩将,可谓惊心动魄,炫人耳目。不要说我小时候了,那时的玩具有什么呀,记得大院里有钱人家的女孩子抱着一个眼睛能眨动的布娃娃,就足让我们瞠目结舌,算是奇迹了;而我们男孩子只能蹲在地上撅着屁股玩弹球,或者是拍洋画;滚铁环、抽陀螺,都得爹妈给点儿钱买才行。

有了孩子以后,孩子拥有的玩具,已经和我小时候不可同日而语。记得给儿子买的第一个自己会动的玩具，是一个大象转伞，一头大象拉着一辆小车，车上支着一把伞，只要往大象的身上安上电池，大象就可以拉着车转动，车一转，彩色的伞就会漂亮地打开，这是那时候很新鲜的玩具了。

儿子五岁那一年的夏天，他的玩具发生了根本性的变化。那一年的夏天，我去了一趟深圳。那时，深圳的建设刚刚起步，沙头角刚刚开放，在那条人头攒动的中英街上，我给孩子买了一辆遥控小汽车。这是当时我家最现代的玩具了。只可惜我家地方太小，地又不平，小汽车无法跑得开，只好让儿子抱着它到陶然亭公园去玩。小汽车在公园的空地上尽情地奔跑，一直能奔跑到远处的草坪中，像兔子似的钻进草丛出不来。看着孩子用遥控器控制着汽车左右前后奔突的样子，才会明白不同的玩具，带给孩子的欢乐是多么的不同。小汽车上面的天线，在风中颤巍巍像小手一样向他挥舞抖动，让孩子兴奋不已，欢叫声和小汽车的喇叭声此起彼伏。

如今，儿子已经长大，他自己的孩子都长到比他当年玩遥控小汽车还要大的年龄了。我对他说起这些玩具，他居然已经不大记得了。这让我有些奇怪，便问他还记得小时候玩的什么玩具呢？他说让他记忆犹新的玩具，是当年在家里存放的那些贝壳。

这让我更有些惊奇。比起那些电动玩具，贝壳如果也算玩具的话，大概是很简单甚至是最原始的玩具了。这些贝壳不是买的，许多是他自己从海边捡回来的，一些是朋友送给他的。特别是他光着小脚丫，自己从海边捡回来的那些贝壳，让他格外珍惜，家里只要来了客人，他都会拿出来向人显摆。那些贝壳，给他带来很多意想不到的快乐。好长一段时间里，他对照着一本少年百科辞典，一一查出了这些宝贝的名字，然后把名字写在小纸条上，贴在贝壳上，熟悉得像是自己的朋友。然后，他让妈妈帮助他把其中一些诸如东方鹟螺、唐冠螺、竖琴螺、夜光蝾螺、焦棘螺、虎纹贝……他珍爱的贝壳粘贴在盒中，摆放在柜子里，可以天天和他对视对话，彼此诉说着关于大海和童年许多有趣的事情。

六年前，他到法国工作半年，带着他的两个孩子一起住在那里，放假的时候，他和孩子最喜欢到海边去拾贝壳。那时候，老大五岁多，老二才三岁多一点儿，他带着这小哥儿俩，在退潮的沙滩上寻找贝壳，孩子意外发现之后的大呼小叫，大概让他想起了自己的童年。半年之后，他和孩子拾了满满两大瓶贝壳，沉甸甸地带回北京，全部倒在桌子上给我看，然后听孩子细数每一粒贝壳是从哪里的海边捡到的，那股子兴奋劲儿，让我想起了儿子的小时候。

去年年初，他妻子去日本工作半年，全家刚在神户住稳没多少天，日本疫情开始蔓延起来。想去看富士山、看樱花，都没有去成。他们便到没有多少人的海边，还是去捡贝壳。爸爸的爱好，遗传到两个孩子身上。这一次两个孩子都各长了五岁，不仅捡贝壳的劲头更足，对贝壳知识的了解要多了许多。日本不大，但四周被海包围，去海边都不算远。沙滩上的贝壳，像是他们最好的伙伴，在向他们召唤，让他们情不自禁，捡不胜捡。每一次捡到新鲜的贝壳，他们都会通过视频给我看，连说日本的贝壳品种比法国的多。他们还专门到神户边上的西宫贝壳博物馆参观，让他们大开眼界，格外惊异，原来世界上竟然有这么多这么神奇的贝壳！博物馆还赠送他们每人十枚小贝壳，让他们在模拟的袖珍沙滩里自己去找去挑，更是让他们像大海探宝一样雀跃不止。

半年之后，离开日本前，他们特意买了好几个透明玻璃盒子，把捡到的那些贝壳，按照大小和品种分类装进盒中。回到美国，两个小孙子把那些宝贝贝壳统统从盒子里倒出来，摊开满满一桌子，向我介绍都是从哪儿捡到的，它们叫什么名字……兴奋劲儿，不亚于看他们爱看的动画片，他们爱玩的那些各式各样的电子和乐高玩具。

今年暑假，他开车带着孩子去佛罗里达。我有些担心，美国疫情那么严重，这时候出门行吗？他劝我放心，他们不去大城市人多的地方，只是去人少的海边。这一年了，孩子都是在家里上网课，憋得实在够呛，得出去

爷爷和你们在一起 Zuxing 2021.8.4.

喘口气，放松放松。

他们开车开了一天，到了佛罗里达，他们主要去海边捡贝壳。去了一个星期，捡了好多贝壳，回家视频给我看，两个孩子兴奋得不得了，告诉我他们在海里还抓到了海星，海水退去后藏在沙滩里的贝壳和寄居蟹纷纷露头儿的壮观场面，特别像大幕拉开之后大戏上演。他们告诉我佛罗里达海里的贝壳和法国、日本的不一样的地方，他们觉得这里的贝壳品种更多，个头儿也更大。而且，海水特别暖和，他们可以畅快地一边游泳一边找贝壳捡贝壳。找贝壳，捡贝壳，成了他们特别好玩的游戏，和在电脑上手机上或游乐场上玩的乐趣不一样。那些也好玩，但没有这样的乐趣无穷，每天都会发现新的贝壳，会有意想不到的情况出现，每天都让他们有期待而跃跃欲试。

他们还兴奋地告诉我，佛罗里达也有一个贝壳博物馆，就在海边，以人名命名，叫作贝利·马丁斯贝壳博物馆。日本的贝壳博物馆是白色的，这里是座好多颜色的二层楼，比日本的大；日本的小孩不要票，大人门票每张107日元，这里的大人一张门票20多美元，小孩半价，比日本贵；日本还送贝壳，这里也不送；而且，这里更多是有关贝壳知识的介绍，不像日本的多是贝壳的展览，老大说这里更想教育人，像老师上课。比较之中，看出这些差异，让他们有些愤愤不平，也有些兴奋异常，纷纷说着，就像他们在海里争先恐后发现了好看的贝壳一样——这也是一种发现呢。

他们把活着的贝类，都放回了大海，把那些干贝壳带回家，成了他们的标本。我对他们说：你们小哥儿俩把从法国、日本还有这次从佛罗里达捡回来的贝壳，整理整理，也可以弄一个你们的贝壳展览了！

我不仅是被他们的兴奋所感染，也是为这些贝壳所感慨。时代的发展，日新月异的玩具和电子游戏的变化，带给新一代孩子更多新颖神奇数字化高科技的惊喜，还有那些琳琅满目百变不止的乐高，都会令他们眼花缭乱、应接不暇，很容易将过去一代的玩具和游戏视为老掉牙，乃至不屑一顾。比如，这些贝壳，无论如何也不会比那些电子玩具和游戏更对孩子有吸引力。我很高兴，儿子和他的孩子居然都很珍惜这些并不起眼、没有一点科技含量的贝壳，并能够从中找到属于他们自己的乐趣。其实，不仅是孩子，我们大人也一样，都会有些喜新厌旧和唯新是举的心理乃至价值观趋向。在日新月异变幻万千的时代，更容易被潮流主要是时尚潮流所裹挟而产生从众心理，情不自禁，不能自拔。名牌的、时尚的、高级的玩具和电子游戏，自然会轻而易举地俘虏我们和孩子的心。最自然、最朴素、最普通、最原始的玩具，原来也可以最富有生命力，可以和孩子的天性与童心童趣，密切联系在一起。

孩子的童心童趣，其实更多和大自然亲密地联系在一起。贝壳，不过是神奇而丰富的大自然给予孩子和我们的馈赠之一。

2021 年 7 月 10 日写毕于北京

无锡记忆

花　窗

第一次到无锡，1979年的夏天。我在南京《雨花》杂志改稿间隙，独自一人坐火车跑到无锡。下火车，过小桥，就近在一家旅馆住下，开始逛无锡。出旅馆大门，看见院内一面围墙上，开着好多扇小窗。每一扇窗的形状都不一样，圆形、方形、菱形、扇面形、石榴形、如意形……窗檐有碎瓦或碎石镶嵌，呈冰花梅花等花纹。这些花窗都是漏窗，窗后的繁花修竹，摇曳在窗前，让每一扇窗成为一幅不同的画。

那是我第一次来到江南，没见过这里的园林，不懂得花窗是江南园林必不可少的元素之一，只是感到好奇，有些少见多怪。这不过是一家不大的旅馆，不过是一面不长的围墙，却精心（也许是习以为常）布满这样花样繁多的花窗。没进无锡城呢，先声夺人闯进眼帘这一溜儿花窗。在我的记忆里，花窗是无锡递给我的一张别致的城市名片。

碧 莲

第二次来到无锡，是四年之后，带着孩子和老婆，一起先到南京，再到无锡，和我上次路线相同。好心的南京朋友为我到无锡住得好一点儿，特意介绍了一位无锡的朋友，让我找她。她叫吴碧莲，刚刚写了一部长篇小说。

她为我找了一家宾馆，条件比我上次来住的小旅馆好许多，每天只要5元。当然，那时我的工资每月只有47元半。是三月初春的季节，在宾馆门前见到她的时候，一个印象，怎么也忘不了：她的手上有冻疮，都裂开了口子。一个江南秀气的年轻女子，这裂开的口子，像蚯蚓爬在她手上，那样的不谐调。江南的冬天，比北京难过。也让我看着难过。

我们没有过多的交流。也曾经想过，都在文学这块不大的天地里爬，见面的机会总会有。最好是在夏天里重逢，可以看见满池的莲花，应了她碧莲的名字。这是一个好听的名字。可是，将近四十年过去了，再也没有见过她。

她送我的长篇小说《巷恋》，还保留在我的书柜里。

唐诗里写无锡古镇诗有句：千叶莲花旧有香。

泥　人

游惠山，惠山寺、天下第二泉，孩子不感兴趣。那一年，他不到四岁。感兴趣的是惠山泥人。记得那时候，惠山脚下，有很多卖泥人的小店，价格很便宜。

惠山泥人传统的形象代表，应该是阿福。我先买了一个。孩子不感兴趣，不管传统，看中一个孙悟空抱着个大酒坛子醉酒的泥人，孙悟空这样的形象，很少见，憨态可掬。孩子又相中一套白雪公主和七个小矮人，白雪公主白裙飘逸，亭亭玉立，七个小矮人身穿各色各种样式衣着，如花簇拥着白雪公主。无锡归来，留下最深印象的，对于孩子，是泥人，是孙悟空，是白雪公主和七个小矮人。

我很奇怪，那是二十世纪八十年代初期，惠山泥人很有些超前的意识，起码不保守，不固守传统造型阿福一类，而是遍地开花，中外神话童话都可以为我所用，一抔惠山泥，捏出万千身。

回家不久，孩子就把阿福送人了。孙悟空、白雪公主和七个小矮人，至今还留着，给他自己的孩子玩。

草 莓

已经忘记住在什么地方,如今让我找,连影子都找不到了。无锡城里变化太大,高楼大厦和宽马路,俨然一座现代化的大都市风貌。

记得那时离住处不远有一个菜市场,几分钟的路,没几步就到。菜市场很小,没有现在菜市场常见的摊位,蔬菜和水果,都是摆在地上,一个个卖菜的人,蹲在地上。清晨洒过水的石板路上,湿漉漉的,让这些菜果、这些卖菜的人都显得很清新。他们都来自附近农村,菜果也都来自农家,属于自产自销。这种小市卖菜的方式,颇具乡间味儿、烟火气,如今见不到了。

那是个春天的早晨,我走到那里,无意买菜,只是随意遛弯儿。看见一个小姑娘卖草莓。她也是蹲在地上,草莓放在她身边一个浅浅的小竹篮里。草莓个头儿非常小,我还没见过这样小的草莓,小得像一粒粒的红珍珠。每一粒草莓都带有绿蒂,绿得格外鲜嫩,像特意镶嵌上去的一片片翡翠叶,让每一粒草莓都那么的玲珑剔透。

我蹲下来,挑草莓,小姑娘不说话,微微笑着望着我。那草莓非常好吃,不仅很甜,关键是有难得的草莓味儿。将近四十年过去了,我再也没吃过那么小那么好吃的草莓。不知怎么,每次一吃草莓,总会忍不住想起那次在无锡小市上吃的草莓,想起那个小姑娘。小姑娘有十几岁呢？超不过十二三吧？如今，该是老婆婆了，要是在农村，儿孙满堂了，也可能早就赶上拆迁，成了无锡城里人。

前两天读《剑南诗稿》，看到这样一句："小市奴归得早蔬"。便又想起那年无锡春天，小市晨归得草莓。

蠡　湖

二十世纪八十年代，我来无锡多次。每一次，最爱去的地方，是蠡园。这里有范蠡和西施的传说，一个归隐江湖，一个忠心报国；一个在事后，一个在事中；都是人生重要的节点，纵使世事沧桑，再如何春秋演绎，千古如此。

关键这里还有一个蠡湖。和在鼋头渚看太湖相比，因为没有那么多的亭台楼阁和花草树木点缀（记得那时湖岸边也没有围栏杆），这里更为开阔而平坦，也平静，无风的时候，湖面波平如镜，一望无际，感觉比太湖还要大。

更关键的是，从蠡湖坐船可以到梅园。船是农家小船，一叶扁舟，木橹轻摇，欸乃有声，荡起一圈圈轻轻的涟漪，连接着水天相连的远处。真觉得当年范蠡携西施泛舟而去，就是这个样子，乘着这样的小木船，消失在烟波浩渺中。

站在船头摇橹的,是当地的农人夫妇。小船上,只坐着我一个游人。湖面上,荡漾着他们两人的影子,寂然无声,只有摇橹的水声和习习的风声。

那时候,我正读应修人、潘漠华和郑振铎的小诗。当天回到住所,模仿着他们的诗,写下这样两行——

摇橹夫妇的影子落在蠡湖上
你们自己把它摇碎了

阿 炳

如今,阿炳成了一个传奇。或者说,成为一个传说。

对于无锡,阿炳不可或缺。为他建一座故居,有些难度。因为当年阿炳穷困潦倒,住的只是破旧的土屋。如果仅仅是几间这样的土屋做故居,似乎有点儿不像话。如今的故居,土屋背后的雷尊殿旧址,辟为展览室,又从别处移来一座年代久远的老石牌坊,立在土屋一侧,四周种植花草,有了彼此的依托,故居斑驳的土墙,便显得不那么寒伧,而是有些沧桑了。

更何况,故居外面是新开辟的广场,被命名为"二泉映月"广场,广场上,借用老图书馆楼作为背景,立有无锡籍雕塑家钱绍武雕塑的阿炳像。这尊阿炳垂头躬身满拉琴弓的雕塑,很给阿炳提气,一甩潦倒气象。这样由几间土屋连带展览馆、石牌坊和花木掩映院落的故居，再进而扩展到轩豁的广场，完成了阿炳的彻底翻身解放。

总觉得在故居破旧土屋里，循环播放的"二泉映月"二胡曲，更能让我依稀看到阿炳的影子。无形的音乐，比一切有形的东西更伟岸，如水漫延而无所不在。

校　园

校园，尤其是中学校园，建得能和公园媲美的，实在少见。锡山中学，是这样少见的校园之一。起码，对于见识浅陋的我是这样的。北京最漂亮的中学校园，如今硕果仅存，要数潞河中学，也赶不上它，起码没有它占地面积如此开阔，更没有这样茂盛的江南花木。在南方，我见过最漂亮的中学校园，是广东中山市的中山纪念中学，锡山中学有能力和它媲美。

难得的是，在锡山中学，开设17门艺术课，供学生自由选择，但要求每一位学生一学期学习其中一门艺术课。这些课程，并不参与考试，只是培养学生的艺术修养和品性。学校的主旨是培养"优雅生活者"，而不是只会读死书应对考试的书虫。在一切以高考为轴心的教育体制和理念指挥下，我没有见过一所学校，设立过这样多达17门的艺术课程。曾经多年提倡过的素质教育，在这所校园里，才看见长出绿草红花，修竹茂树，那样生机勃勃，温馨动人。

每年，校园里都会举办一次全校的艺术节。即使在平常的日子里，放学之后，晚饭之后，落日熔金，月上树梢，教学楼大厅的钢琴会不时响起，有同学会坐下来即兴弹奏一曲。优雅的琴声荡漾在校园里，是为这样美丽的校园最好的伴奏。这样美丽的校园，才配得上这样美好的学生，这样美好的黄昏与夜色。

松花饼

我是第一次吃松花饼。在无锡的太湖之滨，一家农家乐，夫妻店。

春末时分，晚樱未落，茶花将残，小店窗外便是太湖，波光潋滟，奔涌至窗前。仿佛这一切景象，都是为衬托松花饼隆重出场，犹如戏曲里的锣鼓点后主角粉墨登场亮相。

店家女主人，推荐了这款松花饼，说是时令食品，只有这时候有，过季就吃不着了。吃过云南的鲜花玫瑰饼，也吃过洛阳的牡丹鲜花饼、苏州的酒酿饼，还吃过北京的藤萝饼，都是时令食品。过去人们遵从古训"不时不食"，讲究吃食与节令密切相关，如今这样的传统大面积保留下来的，只有端午的粽子、中秋的月饼、正月十五的元宵了,很多民间曾经流行的时令小吃,断档的很多。

松花饼端上来了,一个硕大的碟子上,只是托着圆圆的一小块。上面覆盖着一层比柠檬黄更深也更明亮的黄色,茸乎乎的,像小油鸡身上新生的黄绒毛。似乎轻风一吹,就能如蒲公英一样被吹散,格外惹人怜爱。

这便是松花了。尝了一口,比起鲜花饼、酒酿饼和藤萝饼,没有一点点的甜味,是一股清新的味道,是雨后早晨松树散发出的味道,并不撩人,不仔细闻,几乎嗅不到,却入口绵软即化。

以前,以为松树不开花,其实是开花的,只是花很小,很快就会落满一地。做松花饼,最难是收集这些细碎的松花,需要把松花晾干,再碾碎成粉。在这个过程中,最怕的是松花变色,而且,最容易变色,必须时刻盯着松花,不停通风阴凉翻晾,才能始终保持明黄如金。

松花下面包裹的是黑米,这是一种糯米,经过一种特殊黑草叶的熏陶,浑身黑如乌金,米香中带有草木的清香。这种黑米,我吃过,但和松花结合一起吃,是第一次。这是一种奇妙的组合,一个来自树,一个来自草,两种颜色,两种味道,先在视觉后在味觉中打散,翻了两个跟头,呈现在你的胃里。想想,有点儿像西餐里的双色蛋糕,也有点儿像双色的鸳鸯茉莉花,或者,像钢琴上的双人联弹。

2021年6月29日于北京细雨中

佛罗里达小记

憋在家里一年有余，儿子一家到佛罗里达玩。这是疫情暴发以来他全家第一次出门。六月的天，还不太热，热带的花木繁茂，有海风轻吹，也算是惬意。车子开进一个州立公园，一辆车只要购买一张 5 美元的门票，就可以长驱直入。开进公园不远，看见一片沙滩，蔚蓝的大海近在眼前了。

沙滩耀眼，海风习习，高高的椰林，还有星星点点的红花绿草，阳光下，迷离闪烁，风景不错。他们停在沙滩前照相，不远处走过来一家三口，显然，也是来玩的。这一家白人年龄都不算小，最小的五十上下，应该是女儿，老头老太太七十多或者八十岁了，两鬓飞霜，走路有些蹒跚了。

就见这个女儿向他们走来，走到身边，热情地说：

我帮你们全家照张相吧!

美国人一般都很热情,特别是看见一家人或一对情侣在照相,愿意主动帮忙,成人之美。

公园本来就大,疫情闹的,游人稀少,更是难得相见。平常日子里,人和人之间面对面的交流,便也越发稀少,很多都是在网上或手机中交流了。即使到超市购物,也是在网上预订,再到超市自取,和超市人员都互不见面。人生不相见,动如参与商。遥远的距离,彼此的交流,如今可以由高科技缩短或替代,却总感到抵不上面对面的交流,这便像是戴着手套握手戴着口罩亲吻一样,失去了真实空间里那种亲近的温馨,即使是对方的说话,都感受不到说话时空气的震动和气息的扑面了。

这样的日子里,萍水相逢的交流,哪怕只是暂短一瞬,也显得亲切而珍贵,尤其是有人主动向你走来。人注定是不需要孤独的,"孤舟蓑笠翁,独钓寒江雪"只是诗里面的描写,或者一种非凡人能至的境界。

疫情一年多以来,儿子一直闭门宅家,他在大学里教书,给他的学生上课,也都在线上,和他们没有见面,更很少和外界尤其是陌生人交流。走过来这个女人热情的话,让他感到亲切,他说了句谢谢,把手机递给这个女人。

女人替他全家照完相,儿子投桃报李对她说:我给你全家也照张相吧!

好啊！女人高兴地说，把手机递给儿子。

手机上出现了这一家三口，微笑着，背后是金色的沙滩、蓝色的大海、高高的椰树，还有叫不出名字的星星点点的小红花，一闪一闪，像跳跃着好多小精灵。

照完相，女人走过来，从儿子手里接过手机时，有些兴奋地对他说：昨天是我五十岁的生日。每年过完生日的第二天，爸爸妈妈都会和我一起到这里来照张相，这是我的第五十张照片！

然后，她又说：今天还怕公园里见不到人呢，正好遇见了你！

电话里，听完儿子的讲述，我很感动。五十年，不是每一个人都有这样的坚持。这不仅需要做孩子的一个人坚持，还需要父母的坚持。这不仅需要坚持，更需要一家人的心心相印，才会让亲情如水贯通，潺潺流淌过五十年的时光，让五十张照片伴随岁月一起久长。哪怕是再不如意的生活，也有了属于自己的姿态，自己的纪念。

我忽然想起在美国黄石公园发生过的一件事情。那里有一个很深的深谷，年轻力壮的人，上下一个来回，也得需要大半天的时间。一位父亲从年轻时每年生日那一天都要来这里一次，下到这个深谷的谷底，然后再爬上来，这是他给自己每年生日的一份独有的纪念。这一年，父亲老了，实在无法再在深谷中爬上爬下了。但是，他依然来到了这里，他的儿子跟着他也来到了这里。父亲无法上下深谷了，儿子替他父亲到深谷中来回一次。生命的轮回，在坚持中、在亲情中呈现。

我问儿子还记得这件事吗？他听后没有说话。我知道，他和我一样感动。这件事，是十多年前，他第一次去黄石公园亲眼看到、告诉我的。

疫情再如何疯狂，隔离再如何无奈，亲情是对抗这个残酷世界而慰藉我们的有效良方。

2021年6月23日于北京

绉纱馄饨

北京普通人家，一般爱吃饺子，以前很少吃馄饨。我第一次吃馄饨，是上初中之后，和同学一起在珠市口路北一家饭馆里，饭馆紧靠着清华浴池，对面是开明老戏园，那时改名叫作珠市口电影院。我们就是晚上看完电影，到这里每人吃了一碗馄饨。

这是家小店，夜宵专卖馄饨。比起饺子，馄饨皮很薄，但馅很少，我便觉得馄饨是样子货，还是馅大肉多的饺子吃起来更痛快。

这样的印象被打破，是吃到了我们大院里梁太太包的馄饨之后。梁太太一家是江苏人，梁太太包的馄饨，在我们大院是出了名的，我很小的时候，就听院里的街坊议论过梁太太的馄饨，说她的馄饨皮，加了淀粉和鸡蛋，薄得如纸似纱，对着太阳或灯，能透亮。而且，馄饨皮捏出来的皱褶，呈花纹状，一个小小的馄饨，简直像一朵朵盛开的花，不吃，光是看，就让人爽心悦目，像艺术品。

梁太太自己说，这种馄饨，在她家乡几乎每户人家都会包，人们称作绉纱馄饨。我从来没有见过梁太太包的这样美轮美奂的馄饨，都是听街坊们这样说，只有想象而已。心里想，梁家有钱，自然吃的要比一般人家讲究得多。

那时候，梁太太很年轻，她的女儿只有四五岁，比我小两岁。梁先生在银行上班，梁太太不工作，在家里相夫教女。据说，梁先生最爱吃馄饨，所以梁太太才常常要包馄饨。特别是梁先生加夜班的时候，梁太太的馄饨更是必不可少。每次梁先生吃馄饨的时候，她女儿也要跟着吃，也爱吃得不得了。绉纱馄饨，成了她家经常上演的精彩保留节目。

读高一的秋天，下乡劳动，突然拉稀不止，高烧不退，同学赶着一辆驴车，连夜把我从郊区乡间送回北京。在医院里打完针吃了药，回到家之后，一连几天，烧还是不退，浑身虚弱，什么东西都吃不下去，没有一点儿胃口。母亲吓坏了，和街坊们说，想求得什么法子，可以让我吃下东西。人是铁饭是钢，不吃东西，这病怎么好啊！母亲念叨着。街坊们好心出了好多主意。

这天晚上，梁太太来到我家，手里端着一个小钢精锅,打开一看,满满一锅馄饨。梁太太对母亲说:给孩子尝尝,我特意在汤里点了些醋,加了几片西红柿,开胃的,看看孩子能不能吃一些?

母亲谢过梁太太,转身找大碗,想把馄饨倒进碗里,好把钢精锅还给梁太太。梁太太摆手说:不急,不急,来回一折腾凉了就不好吃了。说着,轻轻转身离去。

母亲用一个小碗盛了几个馄饨,舀了一些汤,递给我。我迷迷糊糊地吃了一个,别说,还真的很好吃,坦率地说,比母亲包的饺子要好吃,馅里有虾仁,是吃得出来的,还有什么东西我就不懂了。总之,很鲜,很香。我喝了一口汤,更鲜,里面不仅放了醋,还有白胡椒粉,真的特别开胃,竟然让我几口就把这碗汤都喝光了。

母亲很高兴,端来锅,又给我盛了一碗。我望了一眼锅里,西红柿的红,紫菜的紫,香菜的绿,汤的白,再加上皮薄如纸皱褶似花的馄饨里肉馅的粉嘟嘟颜色,交错在一起,好看得像一幅水墨画,是满盘饺子没有的色彩和模样。

病好之后,还在想梁太太的馄饨,不禁笑自己馋。心想,绉纱馄饨,这个名字取得真是好听。母亲包的饺子,有时也会在饺子皮捏出一圈圈的小皱褶,我们给它们取名叫作花边饺子,或麦穗饺子,总觉得都没有绉纱馄饨好听。

那时候,梁太太不到四十,显得很年轻,爱穿一件腰身婀娜的旗袍。她女儿刚上初二，虽然和我不在同一所学校，毕竟在大院里一起长大，彼此朋友一样很熟悉。现在想想，有些遗憾的是，再也没有吃过梁太太的绉纱馄饨。

1968年夏天，我去北大荒。冬天，梁太太的女儿到山西插队，和我家只剩下了老两口一样，她家也剩下了梁太太和梁先生相依为命。

六年过后，我从北大荒调回北京当老师，算是我们大院里插队那一拨孩子里最早回来的。梁太太见到我，很有些羡慕。我知道，她女儿还在山西农村，自然希望女儿也能早点儿回来。

回北京一年半之后，我搬家离开大院，临别前一天下午，我去看望梁太太，发现她苍老了许多。算一算，那时候，她应该才五十来岁。我去主要是安慰她，知青返城的大潮已经开始了，她女儿回北京是早晚的事。她坐在那里，痴呆呆地望着我，半天没有说话。我要出门的时候，她才忽然站起来对我说：晚上到我家吃晚饭吧，我给你包绉纱馄饨。

晚上，她并没有包绉纱馄饨。

事过好几年之后，我听老街坊对我讲，那时候，她女儿已经在山西嫁给当地农民两年多了。

2021年6月20日于北京

记忆中的来今雨轩 LuXing 2020.8.26

总有一些瞬间温暖远去的曾经

退休后,学习格律诗,自娱自乐,打发时间。马上就到了去北大荒53年的日子,前两天,写了一首小诗,怀怀旧——

> 未出榴花绿满阴,不禁又去一年春。
> 破书成束诗中梦,残月临窗影外人。
> 野草荒原忆狐魅,疏灯细语诉风尘。
> 绝无消息传青鸟,只是偶思福利屯。

这里写到的福利屯,就是53年前的夏天我们离开北京到北大荒下火车的地方。这是我国北方东北方向最偏远的一个火车站了。在未设立集贤县之前,福利屯一直隶属富锦县。我一直不明白,火车站为什么不建在县城,而建在一个离县城很远的偏僻荒凉的小镇上？

这确实是一个非常小的小镇，但它却是一个古镇。火车站也是老站，伪满洲国时期就有了。记得下火车是黄昏时分，那里夏日的风已经没有北京那样的燥热，而有些清爽湿润的感觉，因为不远处便是松花江。落日迟迟不肯垂落，漫天的晚霞，烧得红云如火，在西天肆意挥洒。北国，北国风光！这里便是真正的北国风光了，我在林予的长篇小说《雁飞塞北》、林青的散文《大豆摇铃时节》中看到并向往的地方了。

站台前面，只有一座低矮的房子，和简单的木栅栏，便是火车站的站房了。站在空旷的站台上，等着行李卸车，望望四周，一面是完达山的剪影立在夕阳的灿烂光芒里，一面是三江平原一望无际的平坦如砥，再有便是黑黝黝的铁轨冰冷地伸向远方，茫茫衔接的就是我们从北京一路奔来的路程，也仿佛连接着古今和未来。

以后，我们每一次回北京，或者从北京再回北大荒，或者是去佳木斯、哈尔滨办事，都得在这里上车下车。福利屯，成为我们生命旅程中必不可少的一个节点，绿皮车厢、硬木车座，火车头喷吐的浓烟，成为青春时节记忆飘散不去的象征。只是那时候我们站在这里夏日黄昏的清风中，不知道未来迎接我们的命运是什么，吃凉不管酸，一腔空荡荡的豪情。

我将这首诗微信发给了当年插队的同学，其中到吉林一个叫新发屯农村插队的同学立刻回信说：你偶思的福利屯，我似乎并不陌生，50多年前，你有信中说"车过福利屯，上车后给你的信尚未写完……"年华如此匆匆而过，你的诗令我感到仿佛如昨。

她的这话，让我很感动，50多年前的一封信，谁还能记住？她在遥远的新发屯，并不在也从来没有来过福利屯，福利屯不是新发屯，过去了50多年，怎么可以记住福利屯这个么小那么偏僻的地名？

我回复她，感谢她。她回信说：回忆中，总有一些瞬间，能温暖整个远去的曾经。

这话说的有点儿诗意，但她说的这意思真好。其实，那时候，我和她并不很熟，只是因为她是我的一个同学的好朋友，爱屋及乌，联系上了，和她有了通信。那时候，我爱写信，似乎很多知青都爱写信。这种传统古典的方式，特别适合风流云散的知青朋友之间抒发那个时代大而无当又缠绵自恋的情怀。她所说的车过福利屯还趴在火车上写信的情景，只能发生在那时的青春季节里。尽管生活艰苦，命运动荡，未来一片渺茫，心里还是充盈着似是而非未可知的希望，如同车窗外如流萤一般飞驰而过的灯火，总还在眼前闪闪烁烁。那时候，正偷偷看托尔斯泰的《安娜·卡列尼娜》，总恍惚地以为火车头喷吐的浓烟过后，露出的是安娜一张漂亮成熟的脸庞。

我已经记不得信里写的都是些什么了，但一封50多年前普通的信还能被人记住，也是极其罕见的事情了。在颠簸的绿皮硬座车厢里写那些似是而非的信的情景，如今可以成为一幅感动我们自己的画了。她说的对，起码在那一瞬间，感动过我们自己，觉得信中那些即便空洞的话也慰藉我们彼此，觉得在飘渺的前方会有什么事情可能发生，即使什么也没有发生，或者发生的并不是我们所预期的。火车头喷吐的浓烟过后，并没有出现漂亮的安娜，而不过是卡西莫多。

是的！回忆中，总有一些瞬间，能温暖远去的曾经。她的话，让我想起了另一个和福利屯相关的瞬间。有一次，我从福利屯上了火车，车驶出站台，开出不一会儿，车头响起一阵响亮的汽笛。起初，我没怎么在意，以为前面有路口或是会车而必须得鸣笛。后来，我发现并没有任何情况，列车在一马平川的原野上奔驰。为什么要在这时候鸣笛？我把这个疑问抛给了正给我验票的一个女列车员。她一听就笑了，反问我："你刚才没看见外面的一片白桦林吗？"我看见了，白桦林前还有一泓透明的湖泊。难道就是为了这个而鸣笛？年轻的女列车员点头说："就为了这个，我们的司机师傅就喜欢这片白桦林。"

下一次，火车驶出福利屯，经过这片白桦林时，透过车窗，我特意看了一下，发现是很漂亮的风景，白桦林的倒影映在湖水中，拉长了影子，更加亭亭玉立。火车经过这里不过半分多钟，一闪而过，车头正响起响亮的汽笛，缭绕的白烟拂过，在那个落日熔金的黄昏，定格为一幅如列维坦作品般的油画。

总有一些瞬间，能温暖远去的曾经。

福利屯！

2021年6月16日于北京细雨中

腊肠花

来广州多次,从没有注意过腊肠花。这种花,北京没有。

前些日子到广州,正好赶上邱方的新书《花有信,等风来——我的二十四番花信风》的首发式。主持人知道我和邱方之间长达几十年作者编者的关系,问我读了这本书,有哪些地方打动了我?我告诉她,打动我的有三点:第一点,这本书主要是写花画花,纸上开花,字间栖鸦,可以看出她对大自然的感情;第二点,她打破花的世界和自己情感的世界之间的界限,使之交融,你中有我,我中有你,让花的世界变成了丰富的情感世界;第三点,写花,画花,是她从小的梦想,她心无旁骛,专心一意,一辈子坚持做一件事,不容易,不是每一个人都能做到的。

活动结束后，漫步在广州初夏浓郁的夜色中，环市东路两旁种有好多棵腊肠树，这种树长得很高，鹤立鸡群于别的树木之上，绿叶间开满腊肠花。这是邱方非常钟爱的一种花，她兴奋地特意指给我看。在街灯的辉映下，腊肠花明黄鲜艳，一串串，犹如盛放后垂挂在夜空中不灭的烟花。

这是邱方的这本书中写过画过的花。翻开书，先找到写腊肠花这一篇，重看她写它们"一树一树的黄花，一串串垂挂着，宛如一串串风铃，在风中摇头晃脑地歌唱；又像无数的蝴蝶在聚会，在阳光下闪着金色的光芒，又清新又俏皮"。每天，她就是在这条路上下班，从家到出版社。夏日突如其来的暴雨中，金色的腊肠花随雨点纷纷而落，腊肠花又有一个好听的名字，叫"黄金雨"。雨中，从这条落满腊肠花的路上，她跑回家，或跑到办公室，发现鞋子和裙子上，沾满了腊肠花金色的花瓣。她说："落花不逐流水，却来逐我衣，心里是有小小惊喜的。"腊肠花，和她有缘。

在这条路上，她和路两旁和过街桥上下好多旁人不在意的花树结缘。不仅有腊肠花，还有三角梅、玉兰花、黄花风铃木……她不停地拍照，也不停地定格春天风雨中落叶漫天的绿色的雨，即使马路中间落叶萧萧，被车轮带起，她也觉得漂亮得像一群群枯叶蝶翩翩起舞，在她的眼睛里，"这是环市东路春天最壮观的景色"。

花的美丽和人性中的丑陋，花的脆弱和人的柔韧，花的一刻绚烂与人生命漫长的苦痛，两相对比，都是带有命定般悲剧意味的。邱方的文字中，更多写出的则是悲剧意味中情感的温软、绵长与蕴藉。或者可以说，以情感的世界观照花的世界，对抗悲剧的意味，渗透着卑微渺小却野百合也有春天般的人生价值，可以慰藉我们自己，安放我们自己情感的一方天地。在她的水彩画中，也可以看出这样的意思，笔触细致清瘦而带有一丝小心，色彩淡雅朦胧而略显几分忧郁。雪泥鸿爪，皆是心迹；落花流水，蔚为文章。不竞不随万事足，有书有画一生闲，构成了她编辑生涯特别是退休生活的图景和愿景。

想到这时候，我的心里忽然有些感动。想起刚才邱方在新书发布会上对主持人讲的话，竟然忘记了最重要的一点：这是她出版的第一本书啊。我不仅替她高兴，而且，非常感慨。感慨的原因，这是她的第一本书。作为编辑，她仅仅为我就已经编辑出版过十几本书，为他人更不知编辑出版过多少本书。会后，我问她统计过没有，这一辈子到底编辑过多少本书？她摇摇头，记不起来了。她的编辑工作是出色的，有目共睹的，曾经被评为出版界的全国劳动模范。但是，这却是她自己的第一本书，出版在她退休之后。而惭愧的我，在她的手下出版了这么多本书，两相对比，竟然是那么的不成比例。"书中固多味，身外尽浮名。"我只能颇多感慨地想起了放翁的这句诗，觉得说她最合适。

作为作者，离不开编辑，作者和编辑是鱼水关系，亦师亦友。从某种程度上讲，编辑是作者背后的推手，一般读者看到的是文章或书籍上作者的名字，编辑隐在后面，像风，看不见，却吹拂着作者前行。写作几十年，负责我的稿子的责任编辑有很多，有不少从当初年轻到如今退休，他们都令我难以忘怀和感慨。邱方是其中之一。

不知为什么，回到北京，想起邱方，总还想起广州环市东路上的腊肠花。她的家，她曾经供事的出版社，都在这条路上。她就是这样一年四季每一天每一天，从这里走过，拍下鲜花和落叶的影像，然后静静地为它们写下绵软的文字，画出她钟爱的水彩画。没有人会注意到一个娇小瘦弱的姑娘，在这条广州普通的路上，渐渐地走成了一个退休的老人家。

只有腊肠花，花开花落。

2021年6月15日端午后一日于北京

苏州 2021年夏92, RuxinG 2021.5.28.

猫脸花

四十七年前,我在一所中学里教书。那一年刚刚入夏,天就拼命地下雨,而且,很奇怪,必是每天早晨下,中午停。每天上午第一节课前,就看老师们陆续进得办公室,大多都被雨淋湿,个个狼狈得很。印象最深的是有一天,一位教化学的女老师骑自行车来晚了,因为她第一节有课,刚进办公室,就听她抱怨:这雨也太大了,把我裤衩都湿透了!大家知道她在为迟到开脱,开脱就开脱吧,犯不上说自己的裤衩,多少有点儿让人不好意思。

没有想到,第二天,就轮到我不好意思了,出门没多远,自行车锁的锁条突然耷拉了下来,挡住了车条,骑不动了。雨下得实在太大,我拖着车,好不容易找到个自行车修理铺,修车师傅帮我修好车锁,我骑到学校,小半节课都过去了，学生看见的是淋成落汤鸡的我出现在教室的门口。

下午放学，骑上车没多远，车锁的锁条"当啷"一声，又耷拉了下来，又没法骑了。先去修车吧。修车铺离学校不远，修车的家伙什都放在屋子窗外的一个工作台上，屋里就是家。修车的是个二十多岁胖乎乎的姑娘，比我教的学生大不了几岁，长得不大好看，一脸粉刺格外突出。心想，肯定是接她爸爸的班，也肯定是学习不怎么样，不得已才来修车。

不过，人不可貌相，小姑娘修车很认真仔细，见她拉开工作台上满是油腻和铁沫的抽屉，一边找弹子，一边换车锁里坏的弹子，却怎么也找不到合适的。她有些抱怨地对我说：谁给您修的锁？拿个破弹子穷对付，全给弄坏了，真够修的！话是这么说，说得跟老师傅数落徒弟似的，她却很有耐心地从抽屉里不停地找弹子，然后对准锁孔，把弹子装进去，不合适，再把弹子倒出来，重新装，像往枪膛里一遍遍地装子弹，又一遍遍地退出来，不厌其烦，也不亦乐乎。工作台上，一粒粒小小的银色弹子，已经头挨着头摆成一排，夕阳下闪闪发光。

开始，我心里在想，如果上学的时候有这份专心就不至于来修车了。后来，我对自己冒出来的这多少有些偏见甚至恶毒的想法而惭愧，因为她实在是太认真了，流出了一脑门的汗。为了这个倒霉的锁，耽误了她这么长的时间，又挣不了几个钱。

其实，她完全可以对我说这个锁坏了，修不了啦，换一个新的吧。她的工作台旁，就放着各种样子的新锁。换新锁，可以多挣点儿钱。我开始有点儿替她感到委屈，有些不落忍地这样替她想。可她却依然较劲地修我这个破锁，好像那里有好多的乐趣，或者非要攻占的什么重要山头，不把红旗插上去誓不罢休。而且，她还像个小大人似的，以安慰的口吻对我说：您别急，一会儿就好了！省得您过不了几天又去修，受二茬儿罪！

我站在那儿看她修，看得久了，无所事事，就四下里闲看，忽然看见她背后的窗台上摆着两盆花。是两盆草本的小花，我走过去细看。花开的颜色挺逗的，每一朵有着大小不一的紫、黄、白三种颜色，好像谁不留神把颜色洒在花瓣上面，染了上去，被夕阳映照得挺扎眼。没话找话，便问她：这是你种的？什么花呀，挺好看的！

她告诉我，这叫猫脸花。她又告诉我，这是她爸爸帮助她淘换来的药用的花，把这花瓣揉碎了，泡水洗脸，可以治粉刺。然后，她冲我一笑：说是偏方，也不知道管用不管用！

锁修好了，再也没有坏，一直到这辆车被偷。

现在，我知道了，她说的猫脸花学名叫三色堇。其实，我读中学的时候，读过的外国文学作品中，好多地方写到了三色堇，觉得这个名字那么洋气，那么有文学味儿，让我对它充满想象，甚至想入非非。

前不久，看到巴乌斯托夫斯不吝修辞地形容它："三色堇好像在开假面舞会。这不是花，而是一些戴着黑色天鹅绒假面具愉快而又狡黠的茨冈姑娘，是一些穿着色彩缤纷的舞衣的舞女——一会儿穿蓝的，一会儿穿淡紫的，一会儿又穿黄的。"

我想起了那个脸上长满粉刺的修车姑娘。当初，她告诉我它叫猫脸花。

2021 年 5 月 30 日于北京

耦园听曲

相比拙政园，耦园小很多。以中厅为中心，东西分有两座花园。之所以要去耦园，只因为当年钱穆先生携母亲避难曾经在这里的东花园住过。那是1939年的事情了，战火纷飞之时，耦园已经破败如电影《小城之春》里的废园。

出于对钱穆先生的敬重，方才到这里寻访怀旧。来时接近黄昏时分，又是细雨过后，耦园里风清气柔，异常清静，远不像拙政园游人如织。步入中厅，除服务人员一老一少外，空无一人。厅堂方正轩豁，设有小小的舞台，台前摆满桌椅，还有一面苏州评弹演出的广告。我问身穿一身蓝布长褂的长者：什么时候有演出？告我：现在就可以。

这时候，舞台出将入相一门的门帘一挑，走出一位粉裙黑衣的女人，款款走下舞台，走到我面前，递给我一份节目单，翻翻正反两面，对我说：前面是小曲，后面是评弹，你们要听哪一个？然后，又道：小曲每首50元，评弹，单人每首80元，双人100元。

看了一遍节目单，评弹里有《潇湘夜雨》《晴雯撕扇》《钗头凤》几首，我选了双人演唱的《钗头凤》。两人回到后台，拿着三弦，抱着琵琶，走到前台，端坐在一张小桌两旁，轻拨慢挑琴弦，开始演唱，台风很稳。

说实在的，苏州方言，根本听不懂，只知道他们一男一女分别唱出陆游和唐琬各自写的《钗头凤》。之所以选这首，是因为多少知道里面的唱词，隔雾观山，朦朦胧胧，有种似是而非的感觉，可以弥漫起一点儿想象。小时候读这词，也学过这首词的古曲唱法，望文生义，《钗头凤》里的这个"钗"字，和"拆"字同音，便觉得和将陆游唐琬两人生生拆散的错错错，很是吻合。读中学时，还曾经看过中央实验话剧院演出的话剧《钗头凤》，陆游唐琬都是南方人，话剧里说着一口京腔，总有种违和感。用大鼓书或北方时调唱《钗头凤》，也不大合适，尽管它们都是民间传统的说书演唱形式。还是听吴侬软语的评弹《钗头凤》，最是琴瑟相谐，依依有种身临其境之感。

评弹，来苏州听过几次，在剧场里听，和在这里听，味道还真不尽相同。尽管在哪里听都是一样的听不懂，却总觉得，在苏州园林里听评弹，应该是最地道的选择，就像品春茶要汲虎丘下的清泉水，泡在紫砂壶中，方才相得益彰，滋味别出。园林里的曲径环廊，飞檐漏窗，小桥流水，玲珑山石，茂竹繁花，和评弹的低回婉转、轻柔舒缓、云淡风轻，交相融合，是评弹如诗如画的最佳背景，和评弹的袅袅余音丝丝入扣，水乳交融。这和听大鼓书，要在北京的茶馆里听，味道大不一样。一个地方，有一个地方的风土人情，民间演唱，更是带有地方特色，是一个地方民俗民风与文化基因抹不掉的胎记。

我不懂他们二位演唱的水平究竟如何，只是觉得十分好听。《钗头凤》本身就具有悲剧色彩，他们二位唱得哀婉动人，琵琶和三弦也弹奏得娴熟悦耳，犹如细雨绵绵。我一边听，一边画他们的速写，乐声轻柔如水，滴溅在画本上，晕湿了几分笔墨。

曲子只是陆游唐琬各自一首词男女交错的演唱，最后合唱陆游词的前半阕。不长，很快，演唱结束。谢过之后，请他们二位在我的速写画上签名留念。二人都姓王，我以为是两口子，不是，问过知道，男的59岁，女的52岁，早年都在艺校学评弹昆曲，毕业后同在苏州艺术团做演员，早早退休，舍不得从小学的玩意儿，便相约一起到这里为游客演唱。男老王笑着对我说：一起来玩玩！女老王指着服务台前的小姑娘对我说：每天和小姑娘一起，我们也年轻一些！

告辞之后，走出中厅，天色渐暗，就要闭园，匆匆走过西花园的织帘老屋，来到城曲草堂前的假山石旁，看见两个身穿漂亮汉服的年轻姑娘正在拍照。心想，这样一身汉服的姑娘，从逶迤的山石后面袅袅而出，还真有点儿时光穿越的感觉。不知道，刚才二王唱的那一曲评弹，她们是否听到？有评弹相伴，有园林依托，有汉服装饰，有声有色，有情有致，才是耦园最佳景色吧？

82年前，钱穆先生就是在这里的城曲草堂二楼著书，写下了《史记地名考》。可惜，今天的这一曲评弹，钱先生，看不到，听不到了。

2021年5月12日于北京

狮子林一隅 FuxiNG 2021.4.14 苏州.

小店木香

这次来苏州，住在平江路隐居酒店，过一座小桥，往里拐一点儿就是。拐角临河处，有一家小店，名为"桃花源记"，和隐居酒店的名字倒很搭，一副不知有汉、无论魏晋的满不吝的潇洒劲儿。

这是家小饭馆。门脸不大，木窗泥墙，茅店板桥，古风淳朴。最引人的，是店前的一株木香，从房檐一直垂挂下来，如一道瀑布悬泻，铺铺展展，遮住半个店面，像是一位美人犹抱琵琶半遮面，欲说还休，娇羞含笑的样子，对着门前的石板路，和石板路下的小河流水，游船画舫，蕴藉有情，沧桑无语。

后来，在平江路这一带走，发现不少小店门前，不约而同，情有独钟，都种有木香。

四月的苏州，正是杜鹃花和紫藤花盛开的时候。杜鹃花花蕾大，颜色艳；紫藤花开满架，花串成珠，颜色更是打眼。木香花朵很小，月白色，或淡黄色，没有这两种花那么艳丽夺人。但是，木香花细碎成片，点点滴滴，如同印象派的点彩画，又比它们显得朴素而低调，像印在亚麻布上暗色的花纹，飞花如烟，暗藏心事；微风拂过，如蜂蝶密集飞舞，好像集结一起，兴致勃勃要赶赴什么乡间舞会，更具乡土味和平民气息。这样的木香花，和这样的小店，葡萄美酒夜光杯，最相适配。

南方小店，门前多种有花木点缀，这是占了气候温润和雨水丰沛的便宜。印象深的，还有云南，大理丽江一带的小店门前多有三角梅。和苏州小店相比，三角梅紫红色妖得打眼，显得风情万种，多少有些香艳招摇。还是木香好，内敛一些，朴素一些，似乎更接近古典和乡土的味道，如春茶相比于浓酒，如邻家小妹相对于浓妆艳抹或整过容的二三流明星。

北京的大店小店，以前很少有这样的花木植于门前。珠市口西有家老店晋阳饭庄，门前倒是有一架紫藤，但是，那是以前人家纪晓岚的故居阅微草堂院子里的，前些年扩路时把院门和院墙拆了，才会让这架紫藤兀自站在当街倚门迎客。而今，如南锣鼓巷新开张的小店门前，也很少见花木，倒是有些卡通或其他新潮的店幌招牌。不过，都是人工制作，无法和花木自然气息相通。

曾经有一段时间，小店门前，多置放有大小音箱，播放流行音乐，音量极大，震耳欲聋；邓丽君刘德华张学友童安格的歌声，循环不已，彻夜荡漾，不知疲倦地替店家站台吆喝，招引顾客。这是小店门前历史中绝无仅有的一景，和那时小店里常卖的蛤蟆镜电子表牛仔裤，遥相呼应，相映成趣，刻印下时代变革时粗粝的辙迹，留存着人们不必害羞的记忆。

再早，记得我小时候，家附近的鲜鱼口西口，有家田老泉老店，以前专卖毡帽，后改卖小百货。店前立有一个楠木雕刻而成的黑猴，火眼金睛，双手捧着个招财进宝的金元宝，很是醒目，成为店家的LOGO。如此特意制作而成的LOGO立于门前，在这一带，乃至整个北京城，都很少见。北京的大小店家更讲究的，是店门之上的匾额，小店请凡人草就，大店请名家书写，过去有话说是"有匾皆书垿，无腔不学谭"，谭指的是大名鼎鼎伶界大王谭鑫培，垿指的是当时的翰林院学士书法家王垿。

当然，这只是京城的讲究，天子脚下，就是穷人家就窝窝头吃的咸菜疙瘩，也得切成头发丝那般细，再滴上两滴香油的。远离京城的南方小店，没那么多的讲究，门前随意的一株花木，几丛花草，就是最好的点缀和装饰。自然的气息，最富有天然的情味和野趣，最易于和

画家博清先托笔 Fuxing 2021.4.9.

普通人心相通相融，也最便于和这座城市的地气和烟火气接通。

苏州小店前的木香，并没有什么浓郁的香味，却是分外沁人心脾。

2021 年 4 月 20 日苏州归来

没有一丝风

得有三十七八年了。那年的冬天,我寄居天津,突然接到一个电话。是个女人打来的,声音很陌生,不知何人,便问,她笑着让我猜。我猜不出,她笑得更响,说出了她的名字,但这个名字依然让我想不起她是谁。她接着说:您真是贵人多忘事,您忘了,当年咱们二队小学校里排练《红灯记》,我演的李铁梅呀!

李铁梅!我一下子想起来了,她是二队车老板的那个小丫头呀!那时候,我在队上的小学校里教书,队上的头头心血来潮,非要让学生排练《红灯记》,为了轰动,造成影响,还非要排整出的《红灯记》,就找到我,说:听说你是考上戏曲学院的,这任务对你是小菜一碟了!我跟他解释不清戏剧学院和戏曲学院是两码子事,只好赶鸭子上架。之所以找她来演李铁梅,是看她长着一条长辫子,别的女孩子没有,没有长辫子,还是李铁梅吗?这么着,她被我赶鸭子上架,演了李铁梅。那时候,她不是上五年级,就是上六年级。长得白白净净,挺好看的。

不要说这帮孩子,就是我也不会唱京戏呀,完全是对着收音机里的唱段,照猫画虎,一点点学。不过,这比上课要好玩,这帮聪明孩子的潜力被挖掘出来,连打带闹,连玩带演,最后演出,还真有那么点儿意思。北大荒,地僻人稀,哪里看过什么京戏?有一帮小孩演《红灯记》,人们都看个新奇,便到各队演出,看得大家哈哈大笑。她人长得俊俏,嗓子也不错,演的李铁梅最出彩,特别受欢迎。以后,队上的新年联欢会,人们都要她唱一段《红灯记》,成了队上的保留节目。

我在队上当老师一年多后,就调走了,很快又回到北京,也有十多年了,再也没有见过她,不知道她从哪里找到电话号码,联系上了我,更不知道她找我有什么事情。她没有回答我的这些问题,先问我天津的地址,说马上过来看我。我以为她还在北大荒,说那么老远千万别跑……她打断我的话说:我现在在北京呢。立刻上火车站买票去天津,您等着我啊!

那时,我住在老丈人家,地方挤,不方便,便和她约在宁园。这是袁世凯时期建的一座公园,当时想建成慈禧太后的行宫,所以,别看公园不算大,却有皇家园林风格，亭台湖泊，长廊水榭，很是幽静。宁园离我住的地方很近，我常带孩子到这里玩。这里紧靠着天津北站，坐在火车上她就能看见，下了火车一拐弯儿就是，找我也近便一些。到时已经快中午，她一眼认出我，我几乎认不出来她，个子长得高高的，眉眼似乎更漂亮，一身枣红色的呢子大衣，装扮和城里姑娘一样，看不出当年柴火妞一点儿影子了。真的是女大十八变。想想，我离开北大荒那年，她也就二十五六的样子。

快到饭点儿了，那时候，宁园有家餐厅，就在水榭里，我请她到那里吃饭，顺便聊起这十多年的经历，才知道我离开北大荒后，她从二队调到农场的宣传队演节目。以前演李铁梅的经历，成为她晋级的资本。在宣传队里，她和打扬琴的上海知青恋爱。她坦率地告诉我是她追的人家，她就是想离开北大荒到大城市去。她说得那么坦率，如果说是有心机，也是直肠子，一根线，没有那么多弯弯绕。我笑着说她：你长得漂亮，他肯定也早动了心。她摆摆手说：那倒也不全是，您想我是北大荒一个本地的柴火妞，他是上海人，能一下子看上我吗？我就想，我就是手提红灯四下看，一门心思死照着他，他就是块石头，也能照暖了吧？

她快言快语，可真是有意思的人，在二队教她的时候，排练《红灯记》的时候，是个挺腼腆的小丫头呢。

吃饭的时候，她要了点儿白酒，边喝边对我说：如果不是您让我演李铁梅,我可能永远是二队的柴火妞,早嫁人了,跟我妈一样,生一堆孩子,过一辈子。您让我打开了眼界,知道了除了二队,还有那么大的大世界。我一直都特别感谢您,可惜,您早离开了北大荒,我总也联系不上您!这次来北京,我说什么也得找到您!没有您,就没有我的今天!我说你这话说得过了,我不过是让你演个李铁梅,而且,当初只是因为你长着一条长辫子。她一摆手,说:别管当初因为什么,反正现在我来到北京,又来到天津,过两天再去上海,都是大城市吧?都是因为您当初让我演李铁梅,要不我一辈子都去不了这些地方!这是我的心里话,我找您,就是想对您说我的这句心里话。

这顿饭最后她非要结账,怎么拦都拦不住,她对我说:您说这都十多年了,我好不容易才找到您,为的就是感谢您,不让我请您吃这顿饭,我心里过得去吗?说得收银台的服务员不住地笑。

沿着宁园的湖边,我们边走边聊,十多年的光阴,仿佛回溯,一个小丫头化蛹为蝶,我很为她高兴。她终于和上海知青花好月圆,在上海知青调回上海前结了婚,只是她的户口还无法办到上海,只能这样每年一次探亲假,两地跑着。不过,总是万里长征迈出了关键的第一步。冬天的宁园,人很少,非常安静,没有一丝风,湖边柳树的枯枝一动不动,像画上的一样。如果有风,哪怕是小风，冬天就会显得冷，风像是温度的催化剂，风越大，天气越冷。没有一丝风，冷似乎隐去，可以忽略不计，站在阳光下，暖和得像春天。望着她青春洋溢的脸庞，我祝福她。

一晃，过去了三十多年，再没有见过她，也一直没有她的音讯。前两天，忽然传来她去世的消息。我很是惊讶，算一算，她应该才六十岁开外，忙打听是什么病，是胃癌。和上海知青分居两地，好多年没有调到一起，吵吵闹闹，最后离婚。这是她的病的根本原因。其实，如果再坚持一两年，调动也就成了。命运到底没有成全她。李铁梅的长辫子！我想起当年的往事，如果不是我找她演李铁梅，她会有这样的命运吗？即使她作为柴火妞，起码现在会好好地活着。不知道，我当年偶然的举动，是帮了她，还是害了她？

总想起三十多年前冬天的宁园，没有一丝风，站在阳光下，那样的暖，暖得让我们都相信好像是春天。

2021年清明前于北京

佛香阁下五华殿　　　ELIXING　2021.9.17 颐和园

父亲的虚荣

作为父亲,哪怕再卑微,没有任何值得一说的丰功伟业的光荣,却都是有着虚荣之心的。如果说光荣是呈现于外的一层耀眼的光环,虚荣则是隐藏于内的一道潜流,也可以说是光环对照下的倒影。唯此,才双璧合一,成为人心理与性情的多侧面而让人的形象立体,虽有些可笑甚至可气,却也可亲可爱。

长篇小说《我父亲的光荣》,是法国著名作家法兰西文学院院士马塞尔·帕尼奥尔"童年三部曲"的第一部。在这部小说里,非常有意思的一段,写他当中学教师的父亲的同事钓鱼迷阿尔诺先生,钓到一条大鱼,照了一张和这条大鱼的合影,把照片带到学校显摆他的战功。父亲嘲笑阿尔诺先生:"让人把他和一条鱼照在一起,哪里还有什么尊严?在一切缺点中,虚荣心无疑是最滑稽可笑的了!"可是,当父亲用一杆破枪,终于击中了普罗旺斯最难以击中的林中鸟王——霸鸫的时候,也情不自禁地和霸鸫合影,记录下自己的战功。而且,像阿尔诺先生一样,也将照片带到学校去,给大家看看,显摆显摆。不仅如此,在和霸鸫合影之前,父亲摘下新买不久的鸭舌帽,特意换上了一顶旧毡帽,因为旧毡帽四周有一圈饰带,而鸭舌帽没有。父亲拔下霸鸫两根漂亮的羽毛,插在饰带上,迎风摇曳。

看,父亲的虚荣心,如此彰显。

还读过法国女作家安妮·艾诺的一本书《位置》,写的也是父亲。她的父亲经历了两次世界大战,战后开一家小酒馆,艰苦度日。身份比帕尼奥尔的父亲还要低下而卑微,但一样拥有着作为父亲的虚荣心。没有文化,没有钱,父亲拿着二等车票却误上了头等车厢,被查票员查到后要求补足票价时被伤自尊,却还要硬装出一副驴死不倒架的样子来。爱和女客人闲扯淡时说些粗俗不堪的性笑话,特别是星期天父亲收拾旧物手里拿着一本黄色刊物,正好被她看到的那种尴尬,又急忙想遮掩而装作若无其事的那种虚荣……

看,父亲的虚荣,并非个别。不管什么身份什么出身什么地位的父亲,都有着大同小异的虚荣心。只不过,艾诺的父亲手里拿着一本黄色刊物,帕尼奥尔的父亲手里拿着一张和霸鸫的合影照片。刊物也好,照片也好,都那么恰到好处地成为父亲虚荣心的象征物，让看不见的虚荣心有了看得见摸得着的形象。

父亲的虚荣心，并不是那么面目可憎，或如帕尼奥尔的父亲曾经鄙夷过的"滑稽可笑"，而是在这样的"滑稽可笑"中显得是那样的朴素动人。父亲的虚荣心，给予我们的感觉，尽管并非丝绸华丽的触感，却是亚麻布给予我们的肌肤相亲的温煦。为父亲的光荣而骄傲，也应该尊重父亲的虚荣，光荣和虚荣，是父亲天空中的太阳和月亮。

读完这两部小说，我想起四十八年前的一桩往事，那时，我还在北大荒插队，有了一位女朋友，是天津知青。那一年的夏天，我们两人一起回家探亲，商量好她到天津安顿好，抽时间来北京看看我的父母。她来北京那天，我从火车站接她回到家，只有母亲在家。我问母亲我爸哪儿去了？她告诉我，给你买东西去了，这就回来！正说着，父亲的手里拎着一网兜水果，已经走进院子。那是父亲和我的女友第一次见面，也是唯一一次见面。父亲没有进屋，就在院里的自来水龙头前接了一盆水，把网兜里水果倒进盆中洗了起来，然后端进屋里，让她吃水果。

如果是在平常的日子里，买来水果，洗干净，请我的女友吃，算不得什么。我心里知道，那却是父亲最不堪的日子，因为解放以前参加过国民党，还是国民党部队里的少校军需官，在我去北大荒之后，从老屋被赶到这两间破旧逼仄的小屋，而且，还被驱赶去修防空洞。这一天，是特意请了假，先将干活儿的工作服和手套藏好，再出门买水果，来迎接我的女友。我明白，买来的这些水果，是为了遮掩一下当时家里的窘迫，也是为了满足他当时的虚荣心。

读过帕尼奥尔和艾诺的书后，四十八年前，父亲手里拎回的那一网兜水果，和帕尼奥尔父亲手里拿着的那张照片、艾诺父亲手里拿着的那本刊物，一再浮现、叠印在我的眼前。

其实，父亲买的水果不多，只是几个桃、几个梨，还有两小串葡萄。一串是玫瑰香紫葡萄，一串是马奶子白葡萄。我记得那么清晰。

2021 年 3 月 14 日于北京细雨中

风催梅信又成寒

五十九年前，1962年，我读初二。学校有个《百花》板报，是语文组的老师办的，将全校老师和学生写的稿子，抄写在300字一页的稿纸上，上下好几排，贴在乒乓球案子上，挂在教学楼的大厅里，每两周更新一期，每一期都有老师画的水粉或水彩画作为报头，一时间很是轰动。我们班上的几个同学照葫芦画瓢，把我们自己写的稿子抄写在稿纸上，贴在黑板上，搬到大厅里，和《百花》唱起了对台戏。我们的板报取名叫《小百花》，我当主编。每期的报头好办，我们班上有画画好的同学。每篇文章的题目，人家《百花》都是老师写的，那老师叫闵仲，是教我们大字课的书法老师，在北京的书法界颇有些名气。

我找到了我们大院里的老宋。老宋是崇文门外花市一家饭馆的跑堂的,不是正式职工,只是临时工,却写得一手好毛笔字。他主要写隶书,有点儿魏碑的味儿。

老宋搬进我们大院头一年过年的时候,在他家门前贴了一副自己写的春联:春到新门载新福,志存远马扬远蹄。词儿好,字写得更好,我对他连连夸赞。他连连摆手说:图个乔迁之喜的吉利,好久没拿笔,手生了,生了!

就是我读初二的那个春节前,老宋搬进我们大院。那时,我们大院已经没有房子可租了,房东找到我家,说我家住的三间东房还比较宽敞,让我家腾出一间,老宋一家实在有些困难,帮忙救救急!等以后大院有了空房,再让老宋一家搬出来。我爸我妈都好说话,腾出一间,还可以少交房费,就把南头的一间腾出来。房东找人在中间垒砌了一道墙,新开一扇门,老宋一家搬了进来。

我拿着稿子和毛笔、墨汁,找到老宋,请他帮我们写文章的题目,他从不推托,总是一个劲儿地谢我,说我给了他一个写毛笔字练手的机会,还说他已经好多年没写毛笔字了,还是以前读私塾时候练的童子功呢。

老宋的字,确实写得不错。我们的《小百花》亮相之后,老宋的字颇得赞赏。闵仲老师曾经专门找到我,问这字是谁写的。我告诉闵老师,是老宋写的。闵老师问我老宋是谁?我说老宋是花市饭馆里一个跑堂的。闵老师连说：海水不可斗量，民间里，藏龙卧虎！那时候，我只觉得闵老师的话是赞扬，却没有问一下自己：宋叔一个跑堂的，为什么能写这样一手好的毛笔字呢？

老宋一家四口，住进我家的南房，和我成了隔壁的邻居。我管他叫宋叔，管他老婆叫宋婶，他的两个孩子，老大比我大两岁，老小比我小两岁，我管老大叫宋姐，管老小叫小妹。

1966年，宋叔的两个女儿已经长大，宋姐二十一岁，小妹十七岁，豆蔻年华，正属于妙龄时期。除了随母亲黑了点儿，两姊妹长得都挺耐看的。尤其是宋姐，爱唱爱跳，活泼好动，又发育得成熟，当时在街道一家服装厂工作，人称"黑玛丽"，那是当时流行的一种热带鱼的名字。宋姐是服装厂公认的厂花，是我们一条街上好多男孩子追求的对象。

小妹读高一，和姐姐的性格正相反，好静，放了学，就闷头待在屋子看书学习。哪怕天再热，也不出来和别人玩。在我们大院里，她唯一找的人就是我。那时，受我的影响，她爱好读书，喜欢文学，经常找我来借书，也经常写一点儿类似冰心的《繁星》《春水》的小诗，或汪静之的《蕙的风》那种的爱情诗，拿给我看，让我提提意见。那时，我特别好为人师，有这样一个漂亮的小姑娘找到我头上求教，自然更是有几分飘飘然，没少自以为是地提出这样那样的意见。她从来都是认真地听着，然后改过之后，过两天，再拿来让我看。

如果不是那个特殊的年月，这一对姐妹花，一定会各有各的生活，宋姐找一个自己相中的男人结婚，过她的小日子。小妹考上一个大学，学习她喜欢的文学，成为一个类似以前冰心一样或以后舒婷一样的诗人，做不成诗人，做一名中学或小学的老师，也是好的。

有一天，我忘记具体的时间了，只能说是有一天。各家大人都去街道参加政治学习了，家里就剩下我一个人。那时，学校里已经不上课，我常躲在家里，成了逍遥派。

谁想到，那天下午，小妹突然闯进了我的家里，我看见她上身穿着件圆领的背心，下身只穿着件短裤，是那种睡觉时候才会穿的花布裤衩，露出一双腿，鹭鸶一样细长，让我格外的吃惊。虽然是大夏天，天热，但大白天的，也不至于穿成这样子呀。慌乱中，没来得及问她有什么事，她一下子已经扑在我的怀里。我才发现，她浑身在瑟瑟发抖，忙问她怎么啦？她却一下子哭出了声。

还是生平头一次有一个女孩扑进我的怀里。而且，由于穿得这样的单薄，她整个身子那样的柔软而有弧度和温度，都紧紧地贴在我的身上，让我不由得一惊，不知如何是好，一下子很僵硬地立在那里，像根突然被雷劈的树干。

今日粤东会馆老门 Fuxing 2020.11.3.

我再一次问她怎么啦?

她还只是哭。

过了好一会儿,她才缓过劲儿来,对我说:你帮我看看我家现在还有人吗?

我走到她家,家门打开着,像呼扇着大耳朵似的,被风吹得还在动,一间屋子半间炕,一眼望穿,没有一个人。我回来告诉她没有人。她抹干眼泪，说了句谢谢，转身回家了。

小妹这突如其来的举动，让我分外吃惊难解。我猜想，就在她跑进我家之前，在她的家里，一定发生了什么事情，让她受到了惊吓。而且，这事情肯定不是一般的事情。我想，应该把这事告诉给宋叔。这兵荒马乱的年头，她一个小姑娘家的，别再出什么事情。

晚上，宋叔下班回来。那时，宋叔从饭馆里抽调到二商局，因为都知道了他写一手好的毛笔字，到那里负责抄录文件和写大标语。回到家里，常是一手的墨汁，却显得很有些兴奋。这天晚上，他还没来得及洗手洗脸，我就把他叫出了屋子。宋叔听完我的话之后，一脸铁青，谢了谢我，没再说话。

没过两天，宋叔再回到家里，突然像霜打的草，蔫蔫的。后来，我听说宋叔从二商局又回到饭馆接着当他的跑堂。原因是宋叔解放以前曾经在国民党河北省政府当过机要秘书，专门负责抄写文件，军衔是国民党上校。宋叔的历史问题，被揭发了出来。那时候，我常常望着宋叔的背影，生出奇怪的疑问和想象，国民党上校的宋叔，和饭馆里跑堂的宋叔，怎么也难以合二为一。

当时，我还是幼稚，没有立刻想到那天小妹跑到我家，和紧接着宋叔命运变化的必然联系。我只是想象着宋叔以往我未曾认知的一面，思忖着这样一个国民党机要秘书的上校头衔,会是一个多大的罪过,宋叔能否逃得过这样的一劫等等这样迫在眉睫的问题。

宋叔居然不仅逃过了这一劫难,而且,又从饭馆调回到了二商局。

这一年新年,宋姐结婚。这消息很突然,宋家没有告诉我们大院里的任何人。我是过完新年之后,才听说宋姐是和街道服装厂的厂长结的婚。结婚之后,宋姐就搬到了栾庆胡同住去了,很少回家。

在当时,我也没有立刻想到宋姐结婚,与宋叔命运的变化有什么必然的联系,更没有想到这两件事,和前面发生的小妹的事有什么必然的联系。

这一年秋天,宋姐生小孩,宋婶去栾庆胡同照顾宋姐坐月子,宋家只剩下了宋叔和小妹两个人。宋叔有时候会叫上我到他家吃饭,他会亲自炒上两个小菜,让我陪他喝点儿小酒。宋叔这人聪明,从他的字就能看得出来,他在饭馆里干了这么多年,虽然只是个跑堂的,但端盘子看的菜品多了,出入后厨瞄上那么几眼,耳濡目染,炒菜也有了几分馆子味儿。

他家地方小,小炕桌放在床上,我们都脱了鞋上床,盘着腿喝酒。那天晚上,他的二锅头喝得有点儿多,话也多了起来,根本不管小妹就坐在床边。突然,他问我:你知道谁上二商局揭发我的吗?没等我回答,他自己说:大屁股黄!

大屁股黄，就是宋姐的丈夫，那个街道服装厂的厂长，还兼着街道办事处革委会的副主任。要不他怎么知道我的档案？

为什么明明知道大屁股黄是这样一个人，还让自己的女儿嫁他？这不明知道是火坑，还往火坑里跳吗？我借着酒劲儿问他。

要不怎么说我窝囊呢！大闺女完全是为了救我呀，你知道吗？心里明镜似的知道那就是一个狼，还把闺女往狼嘴里喂，你说我窝囊不窝囊呀！

说到最后。宋叔哭了。虽然只是隐隐的饮泣，却像锥子一样扎我的心。我真的没有想到，宋姐是这样匆匆出嫁。

更让我没有想到的是，坐在床边的小妹也啜泣了起来。我以为她是为了她爸爸刚才说的这一切。谁想到，宋叔指着小妹对我说：你知道吗，你宋姐嫁给大屁股黄，也是为了她呀！

小妹哭得更厉害了。

一直到这时候，我才明白了宋家一连出现的事情之间相互的关联。宋叔的历史，成了发生这一切的一粒种子。大屁股黄就是用这粒种子，先后在宋家姐妹两人身上播撒。宋姐为了父亲，也为了妹妹，牺牲了自己。

第二年的夏天，我去了北大荒，小妹和她学校的同学要去甘肃的山丹军马场。我是上午十点三十八分的火车。临走的前一天晚上，宋叔把我叫到他家里。明儿我得上班，没法子送你了，让小妹代我送你。然后，他递给我用海尚蓝布袋包的一小袋黄土，又对我说：带到北大荒，刚到新地方，都会水土不服，泡点儿咱这里的黄土冲水喝。现在，只要想起宋叔，我就会想起宋叔写的一笔好字，和那一包黄土。

那天，在北京火车站，我没有看见小妹来送我。但是，一个多月以后，我正在北大荒收麦子的时候，有人从田边跑过来喊我，让我快回队里去，说是有人找我！我在队部的办公室里，看见是小妹，她的身边还有两个女同学。

我才知道，她们一共三个同学，是扒火车从北京来的。小妹不想去山丹军马场，她是来投奔我的。她想得太简单了，以为人来到这里了，而且是扒火车来的，表示自己的心诚，就可以留在这里了。她已经在我们的农场场部哭诉过了，希望留下来扎根边疆，我也找过了场里的头头陈情诉说。可是，说下大天来，都没有用，她和她的两个同学，在我们队上的女知青宿舍里住了几天，最后还是被送回了北京。离开北大荒的时候，我送她到福利屯火车站。隔着车窗玻璃，她说会给我写信的，可是，我没有接到她的一封信。

往事如烟，日子如水。我们大院拆迁之后，我和宋叔都早已经搬了好几次家，离得越来越远，联系也越来越少。去年底入冬的时候，我忽然收到宋姐寄来的一封信，是封厚厚的挂号信，寄到报社，几经辗转，过了好多天，才到我的手里。信上宋姐告诉我，宋叔前几年就去世了，这消息并没有让我吃惊，毕竟宋叔年纪大了，让我吃惊的是，小妹前些日子在甘肃嘉峪关市去世了。她早从山丹军马场调到了嘉峪关市的文化部门做宣传干事，她的文笔帮助了她的调动。只是，常年在军马场，营养失调，让她患上了肝病，最后越来越严重，不可收拾。宋姐在信中说，小妹临走之前，嘱咐我想办法找到你，把她的这本日记本送给你。

我打开这本封面磨损、纸页发黄的日记本，里面全是用钢笔字抄写的诗，是以前读高中时我曾经见过的小诗，是我不止一次好为人师又自以为是帮她修改的小诗，是那些模仿冰心的《繁星》《春水》和汪静之的《蕙的风》的小诗。青葱青春的岁月，隔壁邻居的时光，波诡云谲的日子，一下子如风扑在眼前。

那一天，收到宋姐的这封挂号信时，我正读《剑南诗稿》。晚上，怎么也睡不着，想起在《剑南诗稿》里刚看到的一联诗：日漏云端才欲暖，风催梅信又成寒。因为枕边放着小妹日记本里的那些手抄诗，忽然觉得放翁的诗是那样贴切我的心情。

2021年3月10日改于北京

记不住的日子

作家愿意语出惊人。马尔克斯说：记得住的日子才是生活。这话说得有些苛刻，也有些绝对。起码，我是不大信服的。

记得住的日子才是生活，那么，记不住的日子就不是生活了吗？不是生活，又是什么呢？显然，马尔克斯所说记得住的日子，是指那些不仅有意思甚至是有意义的日子，可以回味，乃至省思，甚至启人。他将生活升华，而和日子对立起来，让日子分出等级。

细想一下，如我这样庸常人的一辈子，所过的日子就是庸常的，不可能全都记不住，也不可能全都记住。而且，记得住的，总会是少于记不住的。就像这一辈子吃喝进肚子里的东西很多，如果按照以前我的每月粮食定量是32斤，一辈子加在一起，不算水和菜，就得有上千乃至上万斤,但真正变成营养长成我们身上的肉,不过百十来斤。如果所过的日子都能记得住,那么,会像吃喝进的东西都排泄不出去,人也就无法活下去了。

马尔克斯将记得住的日子当成一杯可以品味的咖啡或葡萄酒。普通人乃至比普通人更弱的贫寒人的日子,只能是一杯白水。

人的记忆就像筛子,总要筛下一些。筛下的,有一些,确实是鸡零狗碎,一地鸡毛,但其中一些不见得比记住的更没有意义,没有价值,只是不愿意再像磐石一样压迫在心里,而有意识或无意识地让它们尘逐马去,烟随风散。人需要自我消化,让心理平衡,才能让日子过得平衡。这或许就是阿Q精神吧?有些鸵鸟人生的意思,不会或不敢正视,只会将自己的头埋在土里。不过,如果要想让有些事记住,必须让有些事不记住,这是记忆的能量守恒定律,是生活的严酷哲学。用老百姓的话说,就是拿得起,放得下。所谓拿,就是记得住;放,则是那些没必要记住的事情吧。

在北大荒的时候,我见过一位守林老人。我们农场边上,靠近七星河南岸,有一片原始次生林。老人在那里守林守了一辈子。他住在林子里的一座木刻楞房中,我们冬天去七星河修水利的路上,必要路过那座木刻楞,常会进去,烤烤火,喝口热水,吃吃他的冻酸梨,逗逗他养的一只老猫,和他说会儿闲话。他话不多,大多时候，只是听我们说。附近的村子叫底窑，清朝时是烧窑制砖的老村，那里的人们都知道老人的经历，从前清到日本鬼子入侵，前后几个朝代，是受了不少苦的，一辈子孤苦伶仃一个人，守着一只老猫和一片老林子过活。

我一直对老人很好奇，但是，你问他什么，他都是笑笑摇摇头。后来，我调到宣传队写节目，有一段时间，专门住在底窑，每天和老人泡在一起，心想总能问出点儿什么，好写出个新颖些的忆苦思甜之类的节目。可是，他依然什么也没有对我说。不说，不等于没记住，只是不愿意说罢了。我这样揣测。和老人告别，是个春雪消融的黄昏，他对我说：不是不愿意对你唠，真的是记不住了。我不大相信。他望着我疑惑的眼神，又说：孩子，不是啥事都记住就好，要是都记住了，我能活到现在？这是他对我说得最多的一次话。

守林老人的话，说实在的，当时我并没有完全听懂。五十多年过后，看到马尔克斯的这句话，忽然想起了守林老人，觉得记忆这玩意儿，对于作家来说，是一笔财富，记得住的东西，都可以化为妙笔生花的文字。对于历尽沧桑苦难的普通人来说，记得住的东西越多，恐怕真的难以熬过那漫长而跌宕的人生。我读中学的时代，经常引用列宁的一句话叫作"忘记过去，就意味着背叛"。其实，对于普通人而言，过去要是真的都记住了，过去的暗影会压迫今天的日子，会如梦魇般缠绕身边不止，也是可怕的。

前些日子，读到英国诗人萨拉·蒂斯代尔的一首题为《忘掉它》的短诗，其中有这样几句："忘掉它，永远永远。/ 时间是良友，它会使我们变成老年。/ 如果有人问起，就说已经忘记，/ 在很早，很早的往昔 / 像花，像火像静静的足音，在早被遗忘的雪里。"觉得诗写的就是这位守林老人。

生活和日子，对于普通人，是一个意思。记得住的日子，是生活；记不住的日子，也是生活。实在是没有必要给生活镀上一层金边，让日子化蛹成蝶，翩翩起飞。

2021 年 3 月 1 日写毕于北京雨雪之后

荒原上的红房子

兵团组建之后，将农场改编为部队编制。那时候，我所在的大兴农场变为57团，在团下面新设立一个独立营，叫作武装营。

1972年的初春，我奉命到武装营报到。那时，我在二连猪号喂猪。武装营组建毛泽东思想文艺宣传队，新到任的营教导员邓灿点名将我调去。我和他并不熟悉，知道他是第一批进北大荒开荒的老人，1958年复员转业官兵。1968年，他负责到北京招收知青，我由于家庭出身问题报名未被学校批准，曾经找过他，他破例将我招收去了北大荒。这一次，是第二次见面。听说，调我之前，营部几位头头讨论，有人不仅再次提出我的家庭出身问题，而且，又附加提出我在二连为三个所谓"反革命"鸣不平而和连队的头头对着干的新问题，而持反对意见。邓灿力排众议，说肖复兴就是一个北京小知青，有什么大不了的问题！

我来到了营部。营部设在三连对面的路口旁，这是一个丁字路口，是进出大兴岛的唯一通道。营部背后是一片荒原，在一望无际的萋萋荒草衬托下，营部显得孤零零的。那是新盖起来的一座红砖房，西边最小的一间是电话交换台，里面住着北京知青小王和哈尔滨知青小刘，都是六九届的。东边一间稍大些，住着几个三连小学校的女老师，三位北京知青，两位天津知青。中间最大的房子，便是营部，办公室兼宿舍，住着教导员邓灿、副教导员和副营长，还有通讯员和我。一铺火炕上，晚上睡着我们五个人。其中的这位副连长，便是竭力反对调我来营部的人，他原来是我们二连的连长。

我很快就和大家熟络了起来。通讯员喜子是我们二连农业技术员的儿子，我刚到二连的时候，他还是个孩子，跟屁虫一样，成天跟在我们知青的屁股后面一起玩，自然一见如故。他有辆自行车，为了到各连队通知各种事情。没事的时候，他常骑着自行车驮着我，到处疯跑，团部演出露天电影，他更是驮上我，骑上八里地去看电影。

开头那些天，宣传队其他从各连队调来的人还没来报到，白天，几位领导下地忙去的时候，屋子里就我一个人，交给我的任务是要在这段时间里写一整台的节目。写累了，无聊得很，我便去交换台和小王小刘聊天。小王爱说,小刘爱笑,交换台房间不大,她们俩整天憋在那里,也闷得慌,我一去,都很高兴,窄小的交换台里,便热闹得像喜鹊闹枝。那时候,小王有个对象,也是北京知青。我对小王说:什么时候,带你的对象让我们看看!小王说好啊,正好你帮我参谋参谋!小刘没有对象,小刘值班的时候,小王约会去了,小刘一个人守着交换机,更是无聊,自然更欢迎我去聊天。我问她:人家小王都有对象了,你怎么没有?眼珠子比眼眉毛高?她冲我摇摇头说:我不想找!我问为什么,她说:我不想一辈子就待在这儿,我想回哈尔滨!

中午的时候,我会去隔壁女老师的宿舍,她们下课回来吃饭,人凑齐了,会更热闹。她们见我实在无聊,建议我去学校讲课,作为调节。我去了,上了一节数学课,教室的窗户四面洞开,春天的风吹进来,带着荒原上草木清新的气息。她们坐在教室后面听课,望着她们还有学生明亮又好奇的眼睛,让我的感觉十分良好。

休息天,副教导员和副连长都回家了,只有邓灿留下来,他不仅没结婚,甚至连对象都没有。想想那时候,他三十出头了吧。和他熟了之后,我指着隔壁女老师宿舍,开玩笑对他说:你看中哪个了,我替你去说说!他一摆手,对我和喜子说:走,打猎去!便拿起他的双筒猎枪,带着我们两人去了荒原。春天打野兔子;冬天打狍子。打狍子,最有意思,狍子见人追上来,会站在那里不动，撅着屁股朝向你，等着挨打，你一打一个准儿，因为狍子的屁股是白色的，一圈圆圆的，像靶子一样，非常醒目。北大荒有两个俗语，一个是"狍子的屁股——白腚"，一般说制定的规矩或条例一点用没有，便会说这句。一个是"傻狍子"，用来说人傻，含蓄又形象。我第一次吃狍子肉，便是邓灿打到的一只狍子。不过，狍子肉不好吃，很瘦，一点儿不香。邓灿对我说：飞龙（花尾榛鸡）和野鸡好吃，什么时候，咱们打一只飞龙或者野鸡吃！可是，他从来没有打到过一只飞龙或野鸡。

宣传队的人到齐后，每天从早到晚排练，这样空闲的日子没有了。只有到了晚上回来睡觉，这座红砖房才又出现在面前，才会让我又想起那些个闲在的日子，到东西两头的屋里和那几个女知青插科打诨的欢乐时光。荒原之夜，星星和月亮都特别明亮，真正是"星垂平野阔，月涌大江流"。营部的这座红砖房，像是童话中的小屋，即便离开了北大荒那么多年，也常会浮现在梦中，有时会觉得不那么真实，怀疑它是否真的存在过。青春时节的痛苦也是美好的，回忆中的青春常会被我们自己诗化而变形。

武装营的历史很短，一年多之后解散。宣传队便也随之寿终正寝，所有人都风流云散。没过多久，我便离开北大荒，调回北京当中学老师。

回北京三年后一个冬天的早晨，我上班路过珠市口，在一家早点铺吃早点,和交换台的小王巧遇,我们一眼认出彼此,她端着豆浆油条跑到我的桌前,兴奋地说起过往,说起营部的那座红房子。说起彼此的现状,才知道她和原来的那个北京知青早就吹了,原因是她查出来一个卵巢出现了问题,不得不做手术摘除。不过,现在她挺好的,调回北京之后找了个对象结婚,有了一个孩子,日子过得美满。

交换台的小刘,我再也没有见过。2013年的冬天,传来了她病逝的消息,很让我惊讶。她爱笑、爱唱、爱跳。她终于如愿以偿回到哈尔滨,却那么早就离开了我们。

1987年,我到佳木斯,知道邓灿已经在农垦总局当副局长,家就在佳木斯。我到他家拜访,见到了他的夫人陈荫萍。陈原来和我同在二连,也是北京知青,先开康拜因,后当会计。我和她熟悉得很,初到北大荒,她还为我缝过被子,只是也不知道,其实更早在当年邓灿到北京接收北京知青时,她对邓灿就有了好感,算是一见钟情吧。那一晚,在他们家吃的晚饭,喝的北大荒酒,喝到夜深,月明星稀,物是而人非。

去年中秋节前,我微信问候邓灿,给我回信的是陈荫萍,没有想到她告诉我老邓患上了阿尔茨海默病,只是初期,却时而糊涂,时而清醒,身体大不如以前。想起以前他带我踏雪荒原打狍子时的情景,恍若隔世。

2004年，我重返北大荒。当年营部的通讯员喜子，已经是农场建三江管理局的副局长，他开着辆吉普车迎接的我。想起当年他骑着自行车驮着我看露天电影，我指着吉普对他说：真是鸟枪换炮了！要说，他也是我看着长大的，昔日的友情，由于这么长时间的发酵而变得格外浓烈。我请他开车带我到三连走访一位原来我们二连的铁匠老孙，才知道一年前老孙去世，感时伤怀，让我和老孙的爱人忍不住一起落泪。

谁想到临别前的酒席上，喜子喝多了，醉意很浓地对我说起老孙的爱人：别看你对老孙家的婆子哭，她什么都不是，你看看她家都弄成了什么样子，鸡屎都上了锅台……这话一下子把我激怒，我指着他的鼻子说：她什么都不是，那你说说你自己是什么！你当个副局长就人五人六了……我们竟然反目相向，怒言以对。时间，可以酿造友情，也可以阻断友情。

我们一起回三队的时候，我曾经对他说去看看营部那座红房子。他对我说早拆掉了！我还是坚持要去看看，他把吉普车停在丁字路口等我，我一个人向原来营部的方向走去，那里是一片麦海，它前面的大道旁是一排参天的白杨。夏日酷烈的阳光下，麦海金灿灿的，白杨树阔大的叶子被晒得发白，摇出海浪一样的声响。

2021年2月28日于北京细雨中

遥想洋桥今夜月

从北大荒回北京的时候,我带回不少木料。同学从农场木材厂特意为我找来的黄檗椤木,这样好的黄檗椤,木材厂也不多,都已经用电锯切割好木板。木质微黄,纹路清晰,好看得像线条流畅能唱歌的水面,荡漾起一圈圈的涟漪。

那些木板有两米多长,我怕火车不好托运,便请队上的木匠帮我一锯两截。他看了看那一堆木板,对我说:好木料呀,锯断了多可惜,回家就没法子打大衣柜了,你还得结婚呢。

他说得我心头一热。是啊,我还要结婚。那时候结婚都讲究打大衣柜。那时候,流传着这样的顺口溜儿:抽烟不顶事儿,冒沫儿(指喝啤酒)顶一阵儿,要想办点事儿,还得大衣柜儿。他想得很周全。

于是，他没有帮我锯断木头，而是找来木板，帮我打了两个硕大无比的木箱子。然后，他蹲在地上一边抽烟，一边对我说：装一个箱子太沉，到了北京，你一个人搬不动。地上积雪没有融化，散落着被斧头削砍下的木屑，新鲜得如同从雪中滋生出来的柠檬黄的碎花。

这是1974年开春的事情。

我回到北京，1975年夏天，从前门老屋搬家到洋桥。安定下来之后，并没有准备打大衣柜，因为我的女朋友还在天津大学上学，是那时的工农兵学员，得等她毕业。第二年，又赶上唐山大地震，打大衣柜的事，便拖到了1977年的开春。反正木料在家里放着，做饭不怕没柴烧。那时候，北京有走街串巷的木匠，背着工具，吆喝着招揽生意。我便把他请进屋门，请他打大衣柜。这是个从河北农村来北京找活儿干的木匠。他看看木料，惊讶地叫一声，问我：你这都从哪里找的？我告诉他是从北大荒带回来的。他叹了口气说：怪不得呢，只有北大荒的老林子有这么好的木料，北京城，难找了！

最后，他问我：这么多木料，你就打一个大衣柜？不可惜了？我便对他说：再打个写字台，木料够吗？没问题！他答道，便开始在我家干活儿。那时，洋桥的地铁宿舍每户都有一个小院，他干活儿的场地足够宽敞，很容易耍手艺。中午饭在我这里吃，一早一晚，他都回住地自己吃。他不挑食，我母亲做什么他就吃什么；住得不算远，来往还算方便。每天小院里多了锯刨木头的声音，纷纷落地的锯末和刨花，散发着木头的清香，四处飘散。

下班后，有时我会帮他打打下手，彼此熟络起来，他曾经对我说：这可都是好木料，这样的黄檗椤，现在是军用材料，做枪托用呢，又坚实又软，有韧性。他还对我说：我做了这么多年木匠，第一次用这黄檗椤打家具，我可得好好给你打个大衣柜，对得起这黄檗椤！

他说得很认真，当时，我并没有当回事，黄檗椤很珍贵，但在北大荒的老林子里有不少。在我的印象里，只有红木做的大衣柜才是最珍贵的。

最后，他帮我打好了一个单开门的大衣柜，一个两头沉的写字台。剩余的边角料，他又打了一个小小的储物柜和床头柜。最后，他帮我把这两大两小的四件家具用油漆油好。他特意强调说：别用乱七八糟的颜料，就用清漆，黄檗椤本身的木纹就好看！看他说得那么认真，对待这四件家具，像对待自己要出嫁的闺女。为表示感谢，完工后的那天晚上，我留下他吃饭，陪他喝了点儿北大荒酒。他连说这酒好喝，比二锅头好喝！然后，他指着大衣柜和写字台，对我说：我敢保证，满北京城，也难找到这样一个用黄檗椤做的大衣柜和写字台。你就可劲儿地使吧，使一辈子也使不坏！

大衣柜做好了，唯一的缺憾，是没有配上镜子。那时的大衣柜一般讲究的是双开门和单开门。单开门，一边上面是几个抽屉，下面是一个柜子；另一边的门上则要有顶天立地的一整面镜子。这是那时大衣柜的标准样式，就像当时流行的蓝布中山服或绿色军装一样。没有配上镜子，不怪木匠，那时，买镜子，要票。在票证的年代里，买自行车手表缝纫机要票，买棉花买布买家具，也都需要票。没有想到，买镜子，还需要票。我没处找镜子票，只好让它虚席以待。大衣柜的一扇门上，没有镜子，空荡荡的，像张大豁牙子的嘴巴，不好看，新婚的妻子，便用一块花布挂在上面，暂且李代桃僵，替代镜子，虽照不见人影，花布上的花枝招展，也算是聊胜于无。

原想，不就是一块大衣柜的镜子吗？还能那么难买？不就是要一张镜子票吗？不见得那么难淘换吧？谁想到，就是那么难，一年多下来，竟然就是无法买到一块大衣柜的镜子。

这一年的冬天，过年前的一次北大荒荒友聚会。一个同在北大荒的北京知青，刚回北京，怎么那么巧，街道知青办分配工作，在磁器口的一家玻璃店上班。聊天中，她听说我想买大衣柜的镜子，对我说：你找我呀！我说：你刚去上班，能行？我可是没镜子票呀！她笑道：不行，想办法呗！你听我的信儿吧！

我便开始等信儿。

1977年春天做好了大衣柜，1978年春节结婚。过完了年，过了春天，又过了夏天和秋天，到了冬天，又快要过年了。还没有信儿，我忍不住给她打了个电话，问她我的大衣柜的镜子还有戏没戏了？她说：怎么没戏了？等着你来买呢！我说：你不是让我等你的信儿吗？敢情我这是傻老婆等茶汉呢！她说：你可真够实诚的，你就不会主动找我来问问。说罢，她呵呵笑了起来。

挂上电话，我有点儿生气。说好了，有信儿，她告诉我，我这足足等了有一年。看来不是自己的事，别人不会那么上心。心里暗想，还是跟她的关系一般，要是当年在北大荒搞过对象，哪怕只是悄悄的短暂一瞬的暗恋呢，情况肯定就不一样了。不能说是"世味年来薄似纱"，人情世故的亲疏远近，本来就是这样。同在北大荒曾经的荒友，这种身份认同，不过如当今随处乱发的名片一样，只是文字书写的符号，有些缥缈，不那么牢靠。

1983年，我搬离洋桥，房子弟弟一家在住。一直到1990年初，洋桥地区拆迁，代之而起一片高楼大厦。新房子在一街之隔的新楼区，曾经这里的平房，这么快就没有了踪影，像电影里的空镜头切换，场景突变，犹如童话一般，阳光璀璨，鲜花盛开，音乐响起。变革的时代，百废待兴，城市化进程的速度和幅度，超出一般人的想象。搬家的时候，大衣柜、写字台和那个小小的储物柜、床头柜，统统没有要。曾经视为那么珍贵的黄檗椤，就这样被我弃之如敝屣，换上了一套那时候流行的罗马尼亚板式家具。现在回想，在那个瞬息万变的年代，很多东西随着人们的价值系统在变，而变得之快之大，连自己都没有意识到。这是潮流裹挟着人们，不由自主地在获得一些新的东西的同时，必然要失去一些旧的东西，老北京话说的是：旧的不去，新的不来。不仅是那时候，即便现在，不少人也还是会以为旧的没有新的好，所谓唯新是举。我便是这样的人，潮流涌起的时候，泛起的泡沫，却自以为是雪浪花。

一晃，日子过得飞快，从二十世纪九十年代，到了2021年，过去了三十年。如果从北大荒回到北京做那个大衣柜的时候算起，已经过去了四十四年。我从尚未结婚，一下子就变成两鬓苍苍。

一年多前的夏天，在龙潭湖公园里，遇见一帮北大荒的荒友，正在湖边翩翩起舞，说是准备知青聚会表演的节目。在那一群荒友中，见到了当年在磁器口玻璃店卖玻璃的女知青，聊起天来，我说起当年买大衣柜镜子的往事，开玩笑对大家说：我们家的大衣柜的镜子，一直等着她卖我呢，她可倒好，一直也没卖给我。我们家的大衣柜一直没有装上镜子！她笑着反唇相讥：你倒怪我了！镜子就在那儿放着，你不来买，那么大一块镜子，还让我给你扛回去怎么着？哪有求人这么办事的，倒像

老北京胡同的夏天 FuXiNG 2021.4.1.

我欠你的了!大衣柜的镜子,落下话把儿了!大家听了都呵呵笑了起来。

其实,我就是拿她打镲。她说的没错,这事不能怪她,我早想明白了,也是我懒,大衣柜两米多高,镜子最起码得用一米五六长,到她那儿去买容易,买回来扛回家难,便让我给一拖再拖,等这块大衣柜的镜子,像等成戈多了。很多年轻时候的事情,苦痛也成了今天的欢乐回忆;彼此的隔膜,当时系成的疙瘩,现在也像是系上的蝴蝶结了。

有意思的是,曾经大衣柜镜子的替身——那块花布

219

还在。年前收拾旧物时，看见它成了一块包袱皮，包裹着几件早就不穿又没有丢掉的旧衣服。花布上曾经鲜艳的花色已经掉色，如同花枝干枯的标本，花样年华只留在记忆里。看见这块褪色的旧花布，忍不住想起了它多年替代大衣柜镜子的同时，也想起了当年北大荒劝我没有锯断黄檗椤的木匠，想起用黄檗椤为我打大衣柜的木匠，当然，也想起了玻璃店这位好心的荒友。

忽然，想起曾经读过的前辈沈祖棻教授写过的一联诗：遥想当年詹桥月，梦中归路几人同。四十多年过去了，真成了遥想，遥想着这块花布垂挂在大衣柜上的样子，特别是在有微风有月亮的夜晚，随风飘起摇曳的样子，月光打在它上面暗影浮动的样子，辉映着黄檗椤木的大衣柜，辉映着整个小屋，是那样的明丽、生动，又有几丝温馨。青春虽然在这里消逝，儿子却在这里长大，我在这里复习功课，"二进宫"考上了中央戏剧学院。艰苦的日子，月光如水，一下子明亮了起来。

2021年2月26日元宵节于北京

三马和二马
——孙犁读记

粉碎"四人帮"之后,重拾笔墨,孙犁先生的心态与文风已经大变。基本上,他不再写小说,转战随笔散文与短论,文笔从白洋淀风转而深沉老辣如秋霜凛冽,所谓"庾信文章老更成"。

在短暂的时间里,孙犁先生写过一组《芸斋小说》,但这一组制式短小的小说,和以前的《荷花淀》短篇小说风格完全不同。说是小说,其实更接近《阅微草堂笔记》,也多少有些《聊斋》的影子。笔底裹挟的不再是艰辛战争风云中美好的人物与恬淡的人情,更多是"世味年来薄似纱"之后的跌宕世事与沉浮人生,删繁就简,剔除了一切铺排与渲染,有意将杂文之风糅进小说叙事的肌理之中,将别来沧海事,融入语罢暮天钟回荡的袅袅余音里。这是孙犁先生晚年创作风格重要之变。

写于1982年1月的《三马》，是这一组《芸斋小说》中的一篇。不知别人读《三马》时会有如何的感受，我是首先想到了老舍先生的《二马》。这当然只是一种小说题目比附所带来由此及彼的联想，其实两者是风马牛不相及的，因为小说的内容和写法完全不同。《二马》是小二十万字的长篇，《三马》是两千来字的短篇。《二马》写的是二十世纪之初的故事，《三马》写的是"文化大革命"的事情。《二马》反映的中西之间的文化冲突，上下两代人之间的性格与命运的异趣，幽默的笔触，喜剧的构制。《三马》则写了在特殊时代里一个人的命运，以个体映照时代，朴素的叙述，悲剧的意味。

如果说两篇小说有相同之处的话，便都是写一个同为马姓人家的故事。《二马》写了马家的父亲老马和儿子小马，《三马》主要写了马家的三个儿子：大马、二马和三马。《二马》写了在时代变化的大背景下老马和小马的矛盾，但并没有引发致命的冲突；《三马》则不同，虽然三个儿子之间没有正面的冲突，但也是由于时代动荡的原因，导致三马最后死的悲剧发生，是远比《二马》中老马和小马父子同时爱上女房东母女俩这样带有喜剧元素并极具戏剧化的结尾要惨烈得多。从而也可以看出，除了长度，小说也可以以深度与广度见长，江河湖海可以浩瀚万里，桃花潭水也可以深千尺。

《三马》中的大马和二马，到了岁数，找不着对象，进了精神病医院，原因是父亲以前曾经在日本人办的报馆里做过事，被诬为日本特务所致。"文化大革命"一来，旧事重提，马家的父亲被关进牛棚，家中只剩下十六七岁的三马一人。小说中的"我"，即孙犁先生本人，也由于"文化大革命"，从原来住的三间屋子被勒令搬进一小间黑屋，正好与三马为邻。进而，"我"又被关进牛棚，和马家父亲同为牛鬼蛇神。正如《二马》中多了一个尹牧师的人物，串联起老马小马父子和房东母女之间的故事；《三马》中的"我"，串联起三马与大马、二马三兄弟以及和父亲老马之间的故事。牛棚生涯结束，"我"被"解放"，从这间小屋搬回原来住的三间老屋的同时，三马的两个哥哥也从医院回来了，三马不愿意与两个疯人同住，"自己偷偷住进了我留下的那一小间空房。被管房的知道了，带一群人硬逼他出来，他恳求了半天，还是不行，又挨了打，就从口袋里掏出一瓶敌敌畏，当场喝下去死掉了。"

小说到此，戛然而止，让人掩卷叹息。想起老舍先生的《二马》，更会为三马而叹息。实在是三马的命运还不如小马与老马父子。起码，小马和父亲老马还一起漂洋过海，不仅看到异国风景，还和洋人谈过一场虽未果却也心旌摇荡的恋爱。尽管只是人家洋妞喝醉了之后的行为，毕竟小马还得到过一个香吻。三马，和他的两个哥哥，却连恋爱的滋味都没有尝过呀。而且，三马死去的时候，仅仅十六七岁。时过境迁，在如今一个小品相声流行，搞笑喜剧胜于沉重悲剧的年代里，重读《三马》这样的文字，会让我们记住一些不该忘记的人生与世事。在文学的书写越来越边缘化，越来越内转化，越来越趋向于世俗权势与资本，重读《三马》这样的文字，会让我们觉得正视现实与历史，还是文学应尽的本分，是文学生命应该流淌的血脉。

《三马》中，还有这样两处笔墨，尤其值得注意。这两处，如同《二马》中多出另一个人物李子荣一样，牵出小说的另一个人物，即"我"的老伴。

一处是"我"搬进小屋，与三马为邻，三马主动和老伴招呼说：大娘，你刚搬过来，缺什么短什么，就和我说吧！老伴感激得落泪，因为"在很长一段时期，他是唯一对我家没有敌意并怀有同情之心的人了。"显然，这一处的描写，写的是三马这个人，让三马的善良，和三马死的悲凉，做了对比。

另一处，写"我"在牛棚期间，快接近"解放"时候了，老伴却在附近的医院里病逝了。是两位朋友帮忙草草办了丧事。表面看，老伴的死和三马的死并无关系，和三马这个人物的描写也无关联，但是，只要想一想，无论老伴的死也好，还是三马的死也好，都是死于非命，如果不是那个年代，他们都不会死。这样想来，两个不挨不靠的人的死，便也连接一起，成为彼此凄婉的回声。

再看，想起老伴跟着"我"整整四十年，一同经历了千辛万苦，但是，孙犁先生写道：自己"没掉一滴眼泪"。但是，在听到三马死的消息时，孙犁先生写道："我的干枯已久的眼眶，突然充满了泪水。"没有任何煽情和渲染，两厢的对比，写出了三马之死的悲剧之悲，方才让"我"泪水盈眶。有时候，小说的潜流，更会水花四溢，打湿读者的心。小说中看起来并不紧挨紧靠的人物，哪怕只是细微之处，都会起到与小说人物主线相互辉映的作用，像树根一样交错盘缠，才会让树的枝叶繁茂。

此外，《三马》最后的一段"芸斋主人曰"很重要。"芸斋主人曰"，是这一组"芸斋小说"都有的结尾表现形式，显然是从《聊斋》中的"异史氏曰"衍化而来。在粉碎"四人帮"重新握笔的初始之时，孙犁先生就对《聊斋》这部书情有独钟，重读并予以评说。1978年7月写的《关于〈聊斋志异〉》一文中，特别指出："我也喜爱'异史氏曰'这种文字，我以为是直接承继了司马迁的真传。"足见孙犁先生对于"异史氏曰"这一写法的重视，方才在自己的"芸斋小说"中有意为之。

需要看到的是，在一组"芸斋小说"中，《三马》的这一段"芸斋主人曰"尤其重要："鲁迅先生有言，真正的勇士，能面对惨淡的人生，正视淋漓的鲜血。余可谓过来人矣，然绝非勇士，乃懦夫之苟且偷生耳。然终于得见国家拨乱反正,'四人帮'之受审于万民。痛定思痛,乃悼亡者。终以彼等死于暗无天日,未得共享政治清明之福为恨事,此所以于昏眊之年,乃有芸斋小说之作也。"这一段"芸斋主人曰"的重要,在于孙犁先生直白无误地明确道出了他为什么要写这一组芸斋小说的原因,正在于如三马一样的这些未得共享政治清明之福却死于暗无天日的人,他们惨于我们活着的人的悲剧命运,让孙犁先生不能忘记而骨鲠在喉不吐不快。这便是一位作家的良知,是他的写作宣言,是他为文的内在推动力。

粉碎"四人帮"后,重执笔墨,孙犁先生写了一批回忆之作。1979年12月,孙犁先生写成《谈柳宗元》,借柳宗元故去后刘禹锡的纪念文章、韩愈写的墓志铭而引发感想:"自从一九七六年,我开始能表达一点真实情感的时候,我却非常怀念这些年死去的伙伴,想写一点什么纪念我们过去那一段难得再有的战斗生活。这种感情,强烈而迫切,慨叹而戚怆。"因此,这一类怀人之作,是经历了时代剧烈震荡和个人命运跌宕之后的回忆,不是简单感时伤怀的怀旧。风雨过后,僧亡塔在,树老花存,却塔不再是以前的塔,花也不再是以前的花,积淀之后重新审视之后的沧桑戚怆回忆,也便不再是以前白洋淀的旧日风景。这一批回忆之作,占据了孙犁先生晚年创作的相当一部分,极其重要。

这样的回忆之作,大致分为三类,一类"文革"前后多种普通人物命运的回忆，大多以"芸斋小说"的形式表现，如这篇《三马》；一类是回忆自己家庭和家族以及乡间往事，是以散文的形式表示，如《亡人逸事》《乡里旧闻》等；一类是回忆风雨故人，在粉碎"四人帮"后出版的第一本散文集《晚华集》中，在为不少朋友新出的文集所作的序中，或共此灯烛光，或剪烛西窗下，简朴委婉道出真挚而强烈的情感。

这三种文章的分别，细致而明确，想来在孙犁先生心里是有定数的。《三马》只是这一类文章的其中一篇，是这样喷涌而交汇的浪花千叠的一簇。放在这样的创作背景下重读这篇小说，会更清晰看出它与其他文章相互的关系，以及创作所形成的肌理与情势。这样的文章分别，不仅涉及文体与写作的规划，也是对以往逝去的人与事、情和景、史及实的一种回顾中的盘点、省思和批判。这种盘点、省思和批判，不仅面对客观世界，也直面自己的内心世界。特别是后一点面对客观与内心双重世界的省思与批判，在最初写这一类文章时，孙犁先生就有清醒的认知与预判，他说："我们习惯于听评书掉泪，替古人担忧，在揭示现实生活方面，其能力和胆量确是远逊于古人的。"（《谈柳宗元》）这便是一个作家清醒之处，可贵之处。在这样一系列或文或质的文字中，可以看出孙犁先生和过去所谓"白洋淀"风格判若两人的区别，显得更为深沉而丰厚，简洁而清癯，复杂而多义。这是留给我们的一笔宝贵的遗产。

谨以此文纪念孙犁先生逝世十九周年。

2021 年 2 月 18 日雨水于北京

过年的饺子

在我国的节日里，春节是最大的一个节。寻常百姓庆祝这个节日，称之为"过年"。"过年"的这个"过"字，很有些讲究。在我看来，一是指一年即将过完了，新的一年就要来临；一是指为庆祝欢度这个节日的意思，但不说是庆祝或欢度，只说是"过"，就像过日子一样的"过"，极富普通百姓平易质朴的心思和性情。这是中国语言独有的丰富意味。

千百年来岁月变迁之中，春节的很多风俗变化很大，有些甚至已经不复存在，比如新桃换旧符等。唯一长存不变的，是过年的饺子。考虑到空气污染等因素，甚至连过年的鞭炮现在都可以不要，而被电视里的春节联欢晚会所替代，但饺子是必须得有的。在过年的民俗中，饺子成了千年铁打不变的永恒主角，让我们看到这个风云变幻而激烈动荡的世界上,纵使有朝令夕改和始乱终弃的不少存在,但毕竟还是有恒定的存在,让我们的心铁锚一样,沉稳在这个世界起起伏伏的生活之中。尽管如今早不是过去生活拮据的年代,即使在平常的日子里,我们也常吃饺子,饺子已经屡见不鲜。但是,在过年的这场轰轰烈烈的大戏里,饺子的头牌位置无可取代,可以说,饺子就是春节的定海神针,不吃饺子,不算是过年。

当年,前辈作家齐如山先生对饺子情有独钟,曾经收集过北方关于饺子的谚语有500多条。民间谚语的流行,是日常生活积淀后的结晶体,是普通百姓语言总结后的艺术表达,是时间磨洗后的民俗史的诗意注脚。一个饺子,居然可以有500多条谚语,可见饺子对于日常生活的渗透力,记忆影响我们民风民俗的威力。我国的食物品种众多,可有哪一种能够和饺子比肩,也拥有如此多的谚语倾诉在我们的生活里?

关于饺子的谚语,最出名的一句是:团圆的饺子,分手的面。团圆,恰恰是春节最重要的主题。一年将近,新春伊始,在外面奔波的家人,春运的火车再挤,也要千难万难地赶在年三十除夕夜回到家里,吃这顿团圆饺子。饺子这一团圆的象征,将春节的意义仪式化、形象化、情感化,共鸣并共振于全国人民过年的那同一时刻。

那同一时刻,是在年三十之夜和大年初一交替之时,全家聚集一起，饺子端上桌，要和除旧迎新的鞭炮烟花声融汇一起。即使没有了鞭炮和烟花，也是要和电视里的春节联欢晚会那新年的钟声响起融汇在一起的。过年的饺子，如此隆重出场，显示出它非同寻常的味道与意义。这是我们古老的文化传统，就像端午节要吃粽子，中秋节要吃月饼一样，千百年农业社会所造就的食谱，在乡土气息浓郁的代代传递中，固化了这样的文化传统，不仅回味在我们的味蕾中，更融化在我们民族根性的血脉里。这是世界上任何其他国家和民族都少见的。即使今年因为疫情的原因，很多人会在原地过年，暂时回不了家，但在年三十之夜那同一时刻吃饺子，是不会变的。那一刻两地相隔的饺子，只会更多了一层对团圆思念的滋味。

　　齐如山先生当年说他曾经吃过一百多种馅的饺子。我不知道，我们国家的饺子馅到底有多少种。不过，我觉得馅对于饺子并不重要。过去有这样一句俗语：包子有肉不在褶上，改一下，说饺子过年不在馅上，也是可以的。饺子馅种类过多，喧宾夺主，则冲淡了饺子本身的象征意义。如同现而今月饼的馅名目繁多，甚至包上了燕窝鱼翅一样，不过是物化和商业化的表征而已。

　　饺子过年，其中的馅，可以丰俭由人，从未有过高低贵贱之分。过去，皇上过年吃饺子，底下人必要在馅中包上一枚金钱，而且，金钱上必要镌刻上"天子万年，万寿无疆"之类的吉祥话,讨皇上欢喜。穷人过年怎么也得吃上一顿饺子,哪怕是野菜馅的呢。曾听叶派小生毕高修先生告我这样一桩往事,他和京剧名宿侯喜瑞先生,同在落难之中,结为忘年交。大年初一,客居北京城南,室徒四壁,凄风冷灶,两人只好床上棉被相拥,忽然看到墙角里有几根冻僵了的胡萝卜,忙下地拾起胡萝卜用水洗洗,剁巴剁巴,好歹包了顿冻胡萝卜馅的饺子,也得过年。馅,可以让饺子分出贫富,但作为饺子这一整体形象,却是过年时不分贵贱的最为民主的象征。

饺子的形状,在历史的演进中到底是如何形成的,让我很好奇。因为包裹有馅的面食,包子、馅饼、盒子、月饼、元宵,一般都是圆形的,为什么饺子独是弯弯月牙形的呢?我一直不明就里。这里有我们民族文化、民俗和心理的什么样的元素呢?一般解说是饺子这样的形状像是过去的元宝。这和过去拜年时常说的过年话"恭喜发财"是相通的,可以解释得通。但和过年时团圆的意义没有关联。我是不大满意这样的解释的,或者说,这只能是解释的一种。饺子的形状必有更难解的密码在,只是我的学识太浅,不懂得罢了。

后来,读作家魏巍的长篇小说《东方》,其中写到饺子,他比喻下锅的饺子像一尾尾小银鱼,在滚沸的水中游动。不知道这是不是第一次将饺子比喻成小银鱼,但鱼的形象让我想起,在我们的民俗传统中是有讲究的,

又要过年了，今年的灯笼多了 FuxinG 2021.2.10

所谓"吉庆有余"嘛！过去，杨柳青的年画里，专门有印着胖娃娃抱着大鲤鱼的，贴在很多人家的墙上。在老北京，过年的时候，胡同里专门有挑担吆喝着卖小金鱼的小贩，图的就是过年这样喜庆吉祥的意思。这样一说，饺子倒多少和过年的喜庆相关了。饺子的形状，像鱼，总比像元宝，更艺术化点儿，也更有了丰富一点儿的意思在了。

我活了七十多岁，过了七十多个春节，过年的饺子，是一顿也没落过的。当年在北大荒，生活艰苦，条件有限，一个生产队，上百号知青，食堂里哪里包得过来那么多饺子？食堂便宰一口肥猪，把肉馅和好，连同面粉发给每个人，让大家八仙过海各显神通包饺子，美其名曰：自己动手，丰衣足食。每个人领来面粉和肉馅，馅是现成的，面加水也好和，最后这饺子可怎么个包法儿？连案板和擀面杖都没有啊。大家便把被褥掀起，露出火炕边的那一圈窄窄的炕沿板当面板，用啤酒瓶子当擀面杖，饺子也就硬是包了出来，尽管模样千奇百怪，爷爷孙子大小不一。往洗脸盆里放满水，放在火上烧开，噼里啪啦地把饺子倒进去，水花四溅声和大家的欢笑声交织一起，最后，一大半饺子煮破煮飞，混混沌沌煮成了片儿汤，毕竟有了过年的饺子可吃，年过得一样热闹非常。当时曾经作诗调侃：酒瓶当作擀面杖，饺子煮熟成片汤；窗外纷纷雪花飞，那年过得笑声扬。

前几年，因为孩子在美国读书，毕业后又在那里工作，我去美国探亲，一连几个春节都是在那里过的。那是一个叫作布鲁明顿的大学城，很小的一个地方，人口只有6万，其中一半是大学里的老师和学生。全城只有一个中国超市，也只有在那里可以买到五花肉、大白菜和韭菜，这是包饺子必备的老三样。为备好这老三样，提早好多天，我便和孩子一起来到超市。超市的老板是山东人，老板娘是台湾人，因为常去那里买东西，彼此已经熟悉。老板见到我进门先直奔大白菜和韭菜而去，笑吟吟地对我说：过年包饺子吧？我说：对呀！您的大白菜和韭菜得多备些啊！他依旧笑吟吟地说：放心吧，备着呢！

那一天，小小的超市挤满了人，大多是中国人，大多是来买五花肉、大白菜和韭菜的。尽管大家素不相识，但望着各自小推车中的这老三样，彼此心照不宣，他乡遇故知一般，都像老板一样会心地笑着。

就要过年了！

2021年春节前夕于北京

冬果两食

　　小时候，入冬后常吃的果子，不是现在的苹果、香蕉、梨之类，那时候，香蕉少见，苹果和梨还是有的，只是比较贵，买不起，很少吃罢了。常吃的是黑枣和柿子。这两样果子很便宜，而且经放，保存的日子久，可以吃上整整一冬。

　　这是两种北方才有的果子。而且，必须是在北方的中部，再往北，到了黑龙江就见不到了。黑枣比柿子成熟要晚，黑枣落树，摆在城里的小摊上一卖，等于告诉人们，秋天结束，冬天就真的到了。在老北京人尤其是小孩子的眼睛里，黑枣上市，意味着月份牌要掀开冬天这一页了。

　　黑枣，名字叫枣，其实和枣并不是一家子，倒和柿子同属柿树科，是血脉相连的一家。吃起来，它们的味道还真有那么一点儿相似，特别是和晒干的柿饼的味道比，黑枣真的是有一种脱不开同宗同族的干系。只不过，黑枣的个头儿很小，也就如指甲盖那样大小，像是小时候没发育好，一直长不起来，和个头儿硕大的柿子没法比。两厢站在一起，一个如豌豆公主，一个似敦敦实实的胖罗汉。颜色也悬殊，一个黑得如小煤渣，一个橙红橙红的像小太阳。

它们都很便宜，黑枣，两分钱能买一大把，小贩一般用废报纸或旧书页，叠成一个漏斗形，抓一把黑枣撒在里面。这是小贩的精明，上宽下尖的纸包，装的黑枣显得很多。两分钱，也能买一个大柿子。不过，一般我们小孩子更愿意花两分钱买一包黑枣，一粒粒的，像吃糖豆儿，里面的籽儿又多，得边吃边不住吐籽儿，吃的时间会很长。

卖糖葫芦的小摊上，也有把一粒粒黑枣串起来，蘸上糖，当糖葫芦卖。不过，起码要五分钱一串，而且，也没有几粒，我从来没有买过。应该说，那是黑枣的改良版、升级版。不过，包裹上一层糖稀结晶后的黑枣，即使像穿上了一层透明的盔甲披挂上阵，也只是虾兵蟹将而已，实在是个头儿太小了。

柿子也有改良版和升级版，柿饼便是其一。北方人晾晒柿饼是一绝，晒干的柿饼，外表挂一层白霜，像柿子整容后涂抹的粉底霜，容颜焕发。而且，改变了柿子的身材和模样,将原来的磨盘形的柿子晒成了扁扁的如同馅饼的样子,柿饼的"饼"起得真好,那样形象,又有烟火气。柿饼冬天可以吃,夏天也可以吃,而且是夏天做冷食果子干必不可少的最重要食材。在没有冰箱储存,没有变季果蔬的年月里,一种水果,四季可吃,是很少见的。柿子变为柿饼,足见大自然的功力,水果如此易容变色的,也是很少见的。

冻柿子也是柿子的一种变体。表面模样没变,但在数九寒风天的作用下,柿子冻得梆梆硬,里面的果肉都冻成了结实的冰块儿。在北京所有的水果里,只有冻酸梨能和它有一拼,其他任何水果这样一冻就没法再吃了。如果说水果和人一样,也是有性格的话,那么,柿子的性格,和经霜雪后而不凋的松柏,有几分相似。有时候,我觉得特别像那些在朔风呼啸的冬天里跳进冰河里冬泳的人。

我最爱吃的是这种冻柿子。我看周围不少孩子,和我一样也爱吃这玩意儿。冻柿子必须要用凉水拔过才能吃,否则根本咬不动。凉水和冻柿子,都是一样的冰凉,凉碰凉,竟然相互渗透,彼此化解,像石头和石头碰撞出火花一般,起到了神奇的作用,等柿子外面结成了一层透明的薄冰的时候,凿碎薄薄的冰壳儿,柿子就可以吃了。那时候,家里的大人买回来冻柿子,我和弟弟就迫不及待地从自来水管子接来满满一盆凉水,开始拔柿子。蹲在地上,看着凉水中冻柿子的变化,像看一出大戏,等待着高潮出现,那高潮我们早已经知道,就是柿子的外壳出现那一层薄冰。等了老半天也没见动静,最让我们心急如火。

终于等到柿子的外壳渐渐地被凉水拔出了一层薄薄的冰,每一次都会让我们兴奋异常。柿子皮像纸一样薄,几近透明;里面的肉,已经变成了糖稀一样黏稠,咬开一个小口,使劲儿一嘬,里面的果肉像汁液一样流淌出来,很自觉地就顺着嗓子眼儿滑进肚子里,冰凉,转而热乎,甜甜的,又有一丝丝香味儿,真是一种奇妙无比的感觉。现在想想,有点儿像奶昔。北京人形容这种柿子和吃柿子的样子,叫作"喝了蜜"。

吃到最后,如果还只剩下咬破的那一个小口,其他地方没破的话,我会用嘴对着这个小口,使劲儿地吹气,把柿子皮吹得鼓鼓胀胀,像一个小皮球。对着阳光照,薄薄的柿子皮,被阳光映照得橙红色变淡,阳光像水一样在里面流淌。如果柿子皮破了,我就将皮撕开,吃里面的柿子核。柿子核外面包裹着的一层肉很有韧性,经嚼,和柿子肉不是一种味道。我特别喜欢嚼柿子核。有时候,我会突然觉得,柿子核,会不会就是柿子的心呀?我怎么会把人家的心给嚼了呢?就会觉得人真的太残忍了。什么都吃!

大人也爱吃这种"喝了蜜"的冻柿子。有些大人按照祖辈传下来的老规矩,入九之后,每个九的第一天,吃一个冻柿子,一直吃到九九,可以防止咳嗽。这样的传统,有点儿像画九九消寒图,在每个九时画上一朵梅花,到九九结束的时候,满纸梅花盛开,图的都是冬去春来的吉利与安康。那时候,我住的大院里,房东特别信奉这样吃冻柿子治咳嗽的老法子。他家的窗台上,入冬后会摆放一排整整齐齐的磨盘柿子,格外醒目。那时候,北京雪多,赶上下雪天,橙黄的颜色,在白雪的衬托下,那样鲜艳,像是给房东家镶嵌起一道琥珀项链,成为我们大院独特的一景。

前两年的冬天,芝加哥大学东亚系的宝拉教授,带着她的美国学生到北京访学。她是意大利人,在美国读的博士后,教授中国文学,说一口流利的中文。她对史铁生很感兴趣,专门请我带她到史铁生家中拜访过。这一次,她教的这些学生刚刚读过老舍的《骆驼祥子》,便找我帮她带着第一次来到中国的这帮年轻学生,看看北京的老胡同。我带他们逛八大胡同。在陕西巷的赛金花旧居怡香院附近,看到一家窗前摆着一排柿子。在美国,她没有见过,问我这是什么,我告诉她是柿子,要冻过之后再用凉水拔过之后再吃,以及入九之后每个九的第一天吃这样一个"喝了蜜"的冻柿子,可以治咳嗽的传统。她听了很惊奇,将我的一番话翻译成英文给她的学生们听,学生们也很惊奇,连连掏出手机给这一排陌生

的柿子噼里啪啦地拍照。

以前，在老北京的院子里，讲究种一些树木，种柿子树的有不少，图的是"事事（柿柿）如意"的吉利。这样的传统，在我们的国画里，从古至今一直还在不断地画，不断地体现。种枣树的也有不少，特别是结马牙枣的枣树。最有名的是郎家园的枣树，郎家园以前是清朝皇家的御用外国画家郎世宁旧地。但是，种黑枣树的极其少见。曾经走访过老北京那么多的老院，我只在西河沿192号，原来的莆仙会馆里，见过一棵老黑枣树。那年夏天，我专门到那里看这棵老黑枣树，它正开着一树的小黄花，落了一地的小黄花，碎金子一般闪闪发光。

我不明就里，为什么北京院落里少见黑枣树。大概黑枣不如马牙枣红得红火，更不如柿子吉利吧，过去老北京话，管被枪毙叫作"吃黑枣儿"，是挨枪子儿的意思。但是，黑枣真的很好吃，黑枣花真的很漂亮，比枣花要漂亮得多。

不过，再如何好吃好看，还是抵不过柿子树，传统的力量，是拗不过的。

在山西街，京剧名宿荀慧生的老宅还在，当年他亲手种植的老柿子树也还在。荀慧生先生在世的时候，柿子熟了，他是不许家里人摘的，一直到数九寒冬，他也不许家人摘，只有来了客人，才用竹梢打下树枝头梆梆硬的冻柿子，用凉水拔过，请客人就着冰碴儿吃下。树梢上剩下的冻柿子，在过年前，他才会让人打下来，给梅兰芳送去，分享这一份只有冬天才有的"喝了蜜"。

2021 年 2 月 9 日于北京

过年五吃

春节是我们中国最大的一个节,传统形成的说法叫作过年。一个"过"字,含义众多,对于普通百姓而言,尤其对于小孩子,其中一个含义是和"吃"字等量齐观的。这和我们长期处于农业时代有关,也和我们长期经济不发达有关,吃便显得格外重要,过年大吃一顿解解馋,是以往那个拮据日子里人们的一种盼望。如今,尽管经济早已有了长足的发展,吃喝不愁,但是,长期所形成的过年吃食的讲究,已经流传下来,不仅成为我们味蕾的一种顽固记忆,也成为我们春节民俗的一种传统。

过年的饺子,自然是春节吃食的头牌。不必说它,只说说记忆中的小吃,尽管只是配角,对于北京人而言,却一样是不可或缺的。如果说过年的餐桌排兵布阵,是一场大戏，主角自然必不可少，七大碟，八大碗，现在也越来越不在话下，但是，如果缺少小吃这样的配角出场，也会少了色彩，少了滋味。特别是主角和主将越来越讲究的如今的春节，重新认识这些配角，恐怕更会让我们过得多一些年味儿呢。

现在想起来，在我的小时候过年，小吃很多，对于我不能缺少的小吃，有这样五种：杂拌儿、糖葫芦、金糕、芸豆饼，还有心里美的萝卜。

杂拌儿，在老北京分为糙细两种：细杂拌儿，是桃杏太平果等各种果脯，金丝小枣，蜜饯的冬瓜条，蘸糖的藕片和青梅。糙杂拌儿，主要有虎皮花生、花生蘸、核桃蘸、风干的金糕条、染上各种颜色的糖豆（包在里面的是黄豆），还必须得撒上青红丝。小时候过年，就盼望着家长买回杂拌儿来。因为价钱贵，平常日子里，是吃不到的，这是过年才有的特供。细杂拌儿比糙杂拌儿更要贵一些。如今，各种果脯和蜜饯都还有的卖，但蘸糖的藕片和冬瓜条少见了。不过用蜜饯过的冬瓜做成馅，再配其他果料，做成的点心，南北方都有。冬瓜条由外潜藏于内，让我们少了过年时的一种口味。糙杂拌儿，就是现在的干果大杂烩，已经成为"每日干果"的必须。但是，现在的没有青红丝。没有了青红丝的干果，便不叫糙杂拌儿，别看只少了这两样，却是像做汤少了盐一样，少了滋味。这滋味是记忆的滋味，是传统的滋味。

糖葫芦,比杂拌儿要张扬。这也怪杂拌儿个头儿太小,放在盘子上,拿在手心里,跟豌豆公主似的,都不显眼。糖葫芦长长一串,红红火火,多么打眼。糖葫芦也是过年的标配。杂拌儿可以不买不吃,但糖葫芦,哪家的孩子不要买上一串呢?可不是平常日子里走街串巷小贩插在草垛子卖的糖葫芦,得是那种长长的、一串得有四五尺长的大串糖葫芦。这种糖葫芦,因其长,一串又叫一"挂"。以前,民间流传竹枝词说:"正月元旦逛厂甸,红男绿女挤一块,山楂穿在树条上,丈八葫芦买一串。"又说:"嚼来酸味喜儿童,果实点点一贯中,不论个儿偏论挂,卖时大挂喊山红。"这里说的大挂,就是这种丈八蛇矛长一挂的山糖葫芦。春节期间逛庙会,一般的孩子都要买一挂,顶端插一面彩色的小旗,迎风招展,扛在肩头,长得比自己的身子都高出一截,永远是老北京过年壮观的风景。如果赶上过年下雪,糖葫芦和雪红白相衬,让过年多了一种鲜艳的色彩。

在我看来,金糕是糖葫芦的一次华丽转身。老北京过年,各家餐桌上是离不了金糕的,很多是拌凉菜时用来作为一种点缀,比如凉拌菜心,它被切成细长条,撒在白菜心上,红白相间,格外明艳。这东西以前叫作山楂糕,后来慈禧太后好这一口,赐名为金糕,意思是金贵,不可多得。因是贡品而摇身一变成为老北京人过年送礼匣子里的一项内容。清时很是走俏，曾专有竹枝词咏叹："南楂不与北楂同，妙制金糕数汇丰。色比胭脂甜如蜜，解醒消食有兼功。"

这里说的汇丰，指的是当时有名的汇丰斋，我小时候已经没有了，但离我家很近的鲜鱼口，另一家专卖金糕的老店泰兴号还在。就是泰兴号当年给慈禧太后进贡的山楂糕，慈禧太后为它命名金糕，还送了一块"泰兴号金糕张"的匾（泰兴号的老板姓张）。泰兴号在鲜鱼口一直挺立到二十世纪五十年代末，到我上中学的时候止。我要吃的得是那里卖的金糕。金糕一整块放在玻璃柜里，用一把细长的刀子切，上秤称好，再用一层薄薄的江米纸包好。江米纸半透明，里面胭脂色的山楂糕朦朦胧胧，如同半隐半现的睡美人，甭说吃，光看着就好看！前几年，鲜鱼口整修后，泰兴号重张旧帜，算是续上了前代的香火。

芸豆饼，可以说是我过年时情有独钟的小吃。小时候，只有春节前后的那几天，在崇文门护城河的桥头，有卖这种芸豆饼的。都是女人，蹲在地上，摆一只竹篮，上面用盖布遮挡着，盖布下有一条热毛巾盖着，揭开热毛巾，便是煮好的芸豆，冒着腾腾的热气，一粒粒，个儿大如指甲盖，玛瑙般红灿灿的。她们用干净的豆包布把芸豆包好，在芸豆上面撒点儿花椒盐，然后把豆包布拧成一个团，用双手击掌一般上下夸张地使劲一拍，就拍成了一个圆圆的芸豆饼。也许是童年的记忆总是天真而美好，也没有吃过什么好吃的东西吧，至今依然觉得那芸豆饼的滋味无与伦比。虽然不贵，但兜里没有钱，春节前几天，天天路过那里看她们卖芸豆饼，只能把口水咽进肚子里，一直熬到过年有了压岁钱，疯跑到崇文门桥头，买芸豆饼，可劲儿地吃，怎么那么好吃！

如今，以前过年的小吃，可以说应有尽有，唯独这个芸豆饼见不着了。这让我多少有些遗憾和不甘。我曾经翻到一本民国旧书《燕都小食品杂咏》，看到有一首题为"蒸芸豆"的诗："芸新豆蒸贮满篮，白红两色任咸干，软柔最适老人口，牙齿无劳恣饱啖。"诗后有注："芸豆者，即扁豆之种子。蒸之极烂，或撒椒盐，或拌白糖均可。"虽然未写裹在豆包布里的最后那一拍，但说的就是芸豆饼。我以此为据，向好多人推荐，应该让这芸豆饼重见天日，成为今天过年的一种新鲜小吃。

老北京，水果在冬天里少见，萝卜便成了水果的替代品，所以一到冬天，常见卖萝卜的小贩挑着担子穿街走巷地吆喝："萝卜赛梨！萝卜赛梨！"过年我买萝卜，不是为吃，而是为看。卖萝卜的小贩，萝卜托在手掌上，一柄萝卜刀顺着萝卜头上下挥舞，刀不刃手，萝卜皮呈一瓣瓣莲花状四散开来，然后再把里面的萝卜切成几瓣。这种萝卜必须得是心里美，切开后，才会现出五颜六色的花纹，捧在手里，像一朵花。吃完后的萝卜根部，泡在放点儿浅浅水的盘子里，还能长出漂亮的萝卜花来，和过年守岁的水仙花有一拼呢。

2021 年 2 月 6 日写毕于北京

栗香菊影慰乡愁

老北京冬天的大街上,有两种小摊最红火,一种是卖烤白薯的,一种是卖糖炒栗子的。卖烤白薯的,围着的是一个汽油桶改制的火炉;卖糖炒栗子的,则要气派得多,面对的是一口巨大的锅。清《都门琐记》里说:"每将晚,则出巨锅,临街以糖炒之。"《燕京杂记》里说:"每日落上灯时,市上炒栗,火光相接,然必营灶门外,致碍车马。"想巨锅临街而火光相接,乃至妨碍交通,想必很是壮观。而且,一街栗子飘香,是冬天里最热烈而温暖浓郁的香气了。如今的北京,虽然不再是巨锅临街,火光相接,已经改成电火炉,但糖炒栗子香飘满街的情景,依然在,而沿街围着汽油桶卖烤白薯的,则很少见了。

早年间,卖糖炒栗子的,大栅栏西的王皮胡同里一家最为出名,那时候,有竹枝词唱道:"黄皮漫笑居临市,乌角应教例有诗。"黄皮,指的就是王皮胡同;乌角,说的就是栗子。将栗子上升为诗,大概是因为经过糖炒之后的升华,是对之最高的赞美了。

当然,这是文人之词,对于糖炒栗子,比起烤白薯,文人更为钟情,给予更多更好听的词语,比如还有:"栗香前市火,菊影故园霜。"将栗子和文人老牌的象征意象的菊花叠印一起,更是颇有拔高之处。不过,诗中所说的由栗子引起的故园乡情,说得没错。我到美国多次,没有见过一个地方有卖糖炒栗子的,馋这一口,只好到中国超市里买那种真空包装的栗子,味道真的和现炒现卖的糖炒栗子差得太远。

有一年十一月,我去南斯拉夫(那时候,南斯拉夫和黑山还没有分开变成塞尔维亚),在一个叫尼尔的小城,晚上,我到城中的邮局寄明信片,在街上看到居然有卖栗子的,虽不是在锅里炒的,也是在一个像咖啡壶一样小小的火炉上烤的。烤制的器具袖珍,栗子个头儿却很大。我买了一小包尝尝,虽然赶不上北京的糖炒栗子甜,却味道一样,绵柔而香气扑鼻,一下子,北京的糖炒栗子摊,近在眼前。

尽管他卖的是烤栗子,不是糖炒栗子。但是,能够买到吃到这样的栗子,也堪慰乡愁了。想起周作人当年写的《苦茶庵打油诗》,其中有一首写道:"长向行人供炒栗，伤心最是李和儿。"不管他是如何借李和儿之典来为自己当时附逆心理遮掩，单说这个南宋在汴京卖糖炒栗子出名的李和儿，在当时的燕京城为从汴京来的人所献糖炒栗子而伤心洒泪，其怀乡的乡愁之浓郁，足以感人。在异国他乡，虽吃的不是家乡的栗子，栗子中的乡愁之味，是一样的。

比起糖炒栗子，南方有卖煮栗子的，每个栗子都剪出三角小口，而且加上了糖桂花，味道却差了些。缺少了火锅沙砾中的一番翻炒，就像花朵缺少了花香一样，虽然还是那个花，意思差了很多。桂花的香味，和栗子的香味，不是一回事。

制作糖炒栗子并不复杂，《燕京杂记》里说："卖栗者炒之甚得法，和以砂屑，沃以饴水，调其生熟之节恰可至当。"一直到现在，糖炒栗子，变煤火为电火，但还是依照传统旧法，只是有的减少了饴糖水这一节。糖炒栗子变成了火炒栗子，缺少了那种甜丝丝的味道了，也缺少了外壳上那种油亮亮的光彩了。

记得那年十月在日本广岛一个非常大的超市里，好多处卖糖炒栗子，每一处都挂着醒目的幌子，上面写着"天津栗子"，这让我有些好奇，因为北京卖栗子，都是以房山或河北迁西的栗子为最佳，为招牌，没听说卖过天津栗子的。不过，广岛的栗子，个大，又匀称，而且，皮油亮油亮的，像美过容一样好看，确实要比北京卖的栗子更有颜值。

京城卖糖炒栗子的有很多，让我难忘的一家——说是一家，其实，就是一个人招呼。他是我在北大荒的一个荒友，同样的北京知青，二十世纪九十年代初，从北大荒回到北京，待业在家，干起了糖炒栗子的买卖，是较早卖糖炒栗子的个体户。他在崇文门菜市场前，支起一口大锅，拉起一盏电灯，每天黄昏时候，自己一个人拳打脚踢，在那里连炒带卖带吆喝，以此维持一家人的生计。那里人来人往，他的糖炒栗子卖得不错。他人长得高大威猛，火锅前，抡起长柄铁铲，搅动着锅里翻滚的栗子，路旁的街灯映照着他汗珠淌满的脸庞，是那样的英俊。我不敢说他卖的糖炒栗子最好吃，却敢说他是卖糖炒栗子中最靓丽的美男一枚。

如今，北京城卖糖炒栗子的，"王老头"是其中出名的一家，因为出名，还特意将"王老头"三字注册为商标，可谓京城独一份。二十多年前，"王老头"的糖炒栗子，在榄杆市临街一家不起眼的小摊，因为他家的糖炒栗子好吃，四九城专门跑到那里买的人很多。我也是其中之一。确实好吃，不仅好吃，关键是皮很好剥开。栗子不好保存，卖了一冬，难免会有坏的。因此，衡量糖炒栗子的质量，除栗子坏的要少，肉要发黄，以证明其是本季新鲜的之外，就是皮要好剥。好多家卖的糖炒栗子的皮很难剥开，是因为火候掌握的问题。可以看出

涵虚堂下 FUXING 2021·10·18

《燕京杂记》里说的"调其生熟之节恰可至当",是重要的技术活儿。恰可至当,不那么容易。

前些年修两广大街的时候,拓宽榄杆市,拆掉了沿街两旁的很多房屋,"王老头"搬至蒲黄榆桥北,靠近便宜坊烤鸭店,店铺虽然不大,比起以前要气派得多,而且,门前还有"王老头"显眼的招牌。每一次从国外回到北京,先要到"王老头"那里买栗子,以慰乡愁。

2021年2月2日改毕于北京

母亲的世界

四十多年前,我从前门搬到洋桥,尽管离陶然亭公园不远,但那里明显属于城乡接合部的郊区。如今,已经成为高楼林立的闹市。沧海桑田,半个世纪来的时间造化,足以看见城市化进程的足迹,不止是雪泥鸿爪那么浅显。

洋桥往北一点,有一座小石桥,从西北蜿蜒而来的凉水河,从这里往东南拐弯儿,一直流向如今繁华的亦庄开发区。再往北一点,叫四路通,这是一个很好听的地名。听作家从维熙对我讲,他年轻时曾在这里劳动,那时更是荒僻的乡村。这里有一个火车通行的岔路口,京沪线、京包线、东北线往来的火车都要经过这里。所以,别看这个路口不大,车流量大,路口的横杆常常是横躺下老半天不起来,阻挡上下班的人流车流。

那时,我在一所中学里教书,每天必要路过这个路口,无论骑自行车还是坐公交车,总会被挡在那横杆前,一堵堵半天,焦急的心伴着火车隆隆声一起在这里轰鸣。便常想这个地名,四路通?真是具有反讽的意味。后来,我专门写了一篇小说《岔路口》,发表在《人民文学》杂志上。

从前门搬到洋桥,完全是我的主意。我去北大荒插队后,街道积极分子,俗称"小脚侦缉队"中的一位,欺负我父亲的历史问题和母亲的年老无力,"公然抱茅入竹去",抢占了我家老屋,把父母挤进了逼仄的小屋。父亲病故后,我从北大荒回到北京,住进小屋,忍受不了窗前全院用的水龙头整天水声哗哗不断。正好洋桥有一位复员转业的铁道兵,孩子要上小学了,他希望让孩子到城里上个好学校,看中了我家边上的第三中心小学,便和我各取所需换了房子。

我以为这是一个好的选择,离开了我的伤心之地,应该也是母亲的伤心之地。便在暑假母亲去姐姐家小住的时候,麻利儿地搬了家,等接母亲回来,以为会给母亲一个惊喜。殊不知母亲并不情愿,只是没有表达。前门住了几十年的老街、老院、老屋,纵使有占领老屋的得志小人,毕竟还有好多善良的老街坊。一种故土难离的感情,在母亲心头升起,它是住进洋桥没几天,母亲向我提出想回老院看看时,我才感觉到的。

1983年，我从洋桥搬家至和平里，好心的同学怕母亲坐搬家的大卡车颠簸，特意开着一辆小轿车接母亲。那是母亲第一次坐小轿车，也是母亲最后一次看到前门。车子从永定门开出一直向北，穿过前门外大街，从前门楼子东侧驶向天安门广场。母亲最后看了一眼高耸的前门楼子，多么熟悉的前门楼子，父亲就是在前门楼子后边的小花园里，清早练太极拳，一个跟头倒地，脑溢血去世的。

都说年轻的时候不懂爱情，其实，年轻的时候，最不懂父母。生理年龄上的代沟，又赶上那样一个疯狂的年代，更把代沟扩大。自以为是又自私膨胀的年轻人，常常会把年老的父母像断楫孤舟一样搁浅在沙滩上。

搬到洋桥的第二年赶上唐山地震。母亲惊醒喊起我来，小屋幸好无恙，只是屋檐下的蜂窝煤被震倒一片。那时，洋桥这一片地铁宿舍的人全都住进空场上搭建的简陋地震棚。幸好是夏天，住的时间不长。母亲没有说什么，但在她的眼光里，我看出了多少有些埋怨，好像对我说：看你搬的这个好地方，要是在咱们老院，不会这样的。老屋虽旧，结实得很！

地震之后没几天，我的一位小学同学，阔别多年之后，到前门老院找我没有找到，问清街坊我搬家洋桥新址，执着地找到这里。她是我童年的好友，"文化大革命"动荡中去了东北，一别经年，在哈尔滨读了大学物理系，毕业后在哈尔滨工作，这一年到上海出差，途经北京，才有了这次意外的重逢。母亲自然是熟悉她的。赶巧那天晚上，我们那一排房子突然停电，很多人都从屋里出来。同学跟着我也出了屋，自告奋勇地对我说：有梯子吗？我上去看看。我找来梯子，跟在她身后爬到房顶。电线就晃晃悠悠地横在上面，不知她怎么三鼓捣两鼓捣，电路接通了，电灯亮了，房下面一片叫好声。

老友走后，母亲对我叹口气说：要是还住老院，用得着人家这样好找？还让人家登高上房给你修电线？我看得出，母亲还是怀念老街老院老屋。童年伙伴的突然造访，让她的这一份怀念加强。

这只是我一时的感觉，并没有放在心上。人老了，都会念旧。我们都还不老，不也念旧吗？不念旧，我的这位童年的好伙伴，何必那么远费那么多周折跑到洋桥来看我？我没有想到，除了念旧，还有孤独，已经如蛇一样悄悄地爬上母亲的心头，吞噬着母亲的心。毕竟这里没有一个母亲认识的人，特别是白天人们上班后，更显得寂寥，只有远处不时传来的阵阵火车鸣笛声，能打破这死一样的寂静。我没有想到，对于老人，孤独是可怕的，对于母亲这样柔弱又内向的人，病魔已经借助孤独，逼近母亲。只是，我一无所知。

一天夜里，母亲突然出现在我的面前，吓了我一跳，她悄悄对我耳语，生怕别人听见：有人要害你！你可要注意，要是把你害了，我可怎么办？我以为她可能是做了噩梦，并没有在乎，只是安慰她：没有人要害我，干吗要害？您放心吧！

一直到1977年初的一天，我正带着学生在一所工厂学工劳动，学校的一位领导急匆匆地找到我，对我说：你家里有点儿事，让你赶快回家！领导没敢告诉出了什么事，回到家一看，屋子里围着好多人，还有一位警察。才知道，母亲从家里走出，走到北边不远的凉水河前，想投河自尽。她觉得我已经被害，自己无法再活了。河边有一道很陡很长的漫坡，母亲无法走下去，她是坐着慢慢地蹲下去，蹲到河里的。初冬的河水还没有结冰，而且很浅。母亲只是半个身子浸泡在河水里，被人发现，救了上来。

母亲的棉裤已经湿透，好心的街坊帮助母亲脱下棉裤，看着母亲枯瘦的光腿伸进被子里，我的心一阵绞痛，才意识到母亲病了，病得不轻了。

我带母亲到安定医院，那里是北京精神病专科医院。医生告诉我，母亲患的是幻听式精神分裂。那一刻，我后悔这次搬家。我只想到自己，没有设身处地地想想年老孤独的母亲，从熟悉的前门搬到洋桥这个陌生的郊区会怎么样。

时隔多年之后，我读到布罗斯茨回忆他童年的文字，说到彼得堡市区和郊区的巨大差别，他写道："来到郊

259

区,你离这个世界上的一切更远,来到真正的世界。"这句话,可能对于别人算不得什么,却让我有些触目惊心。我想起了母亲那年的病。这句话的前半句,说的是母亲,"来到郊区,你离这个世界上的一切更远",确实是母亲离这个世界上的一切更远,孤独感才更重,病才袭上门来。这句话的后半句,说的则是我,来到郊区,我以为来到真正的世界,却是以母亲的病为代价。

布罗茨基在这句话的前面,还说了这样两句话:"郊区,这是世界的开始,而不是它的结束。这是习惯性世界之结束,但这是当然大得多、多得多的非习惯性的世界之开始。"洋桥,虽然住了不到八年的时光,对于我的意义却非同寻常。它让我认识到了习惯性的世界的结束,也认识到了非习惯性的世界的开始。对于我,习惯性的世界,其实就是自我为中心的世界,习以为常;非习惯性的世界,则是他人的世界,或者说是客观的世界。从习惯性到非习惯性的变化,是从自我的世界跳出来认识真正客观的世界,尽管有些残酷,却是我告别青春期的重要节点。母亲以她的病的代价,帮助我成长。

一年多之后,1978年,我考入中央戏剧学院。报到是在11月的一个周日,我一直拖到吃完晚饭,才离开家。骑着自行车,刚到屋后的拐角处,下意识地回了一下头,看见母亲正倚在墙角,显然是我出门后她紧接着也出了门。我赶紧跳下车,推着车走到她的跟前。她挥

每年春天都会画,邮忍不主看到画有带叶子呢 Euxing 2021.4.25.

挥手让我赶紧走。我报到之后,找到被分配的宿舍,只有靠门的上铺。那一晚,睡在上面,怎么也睡不着,只听见窗外白杨树的大叶子被风吹得哗哗的响。我爬了起来,跳下床,骑上自行车,往洋桥赶。学院在棉花胡同,离洋桥二十来里,不算太远,我赶到家时,却推不开门,呼喊着母亲,母亲打开门,我才看见门后顶着粗粗的一根木棒。我的心悬到嗓子眼儿,眼泪一下子滚落出来。

我和母亲商量,送母亲先到姐姐家住,母亲同意了。四年的时光,母亲以她的牺牲帮助我大学毕业。母亲更帮助我认识了从未认识的非习惯性的世界,也认识了母亲的世界。

2021 年 1 月 21 日大寒后一日于北京

北大荒过年

在北大荒,过年的那几天,最热闹。虽然寒冷,甚至会大雪封门,有了一个年在那儿等待着,便像有了一个很亲的亲人,或者一个什么美好的东西,等着我们张开双臂去拥抱,伸出手去拿一样,让我们兴奋,跃跃欲试。再寒冷的日子,再艰苦的日子,有了期待,总会让自己春心荡漾而苦中作乐。

每年这个时候,生产队上要干两件大事。一件是在场院前面的队口,用水浇筑几盏冰灯。在只有马灯的时候,会在冰灯里面放一盏马灯,光亮直到马灯的灯油耗尽为止;有了电灯之后,就在里面放个灯泡,在外面直接拉上电线,冰灯可以亮上一宿。队口直对着通往农场场部的那条唯一的土路,冰灯对着的方向,仿佛也就可以通过这条土路,到达场部,再从场部过七星河,一路顺风顺水到佳木斯,到哈尔滨,到北京,到家了。

那时,我写过"二队的冰灯,照亮远方,一直到北京,和天安门广场初放的华灯,汇成一片璀璨的灯光"之类可笑的诗句。其实,那几盏冰灯,很简单,很粗陋,没有任何造型,不圆不方,怪兽一样,就那么趴在那里,幽灵一般的灯光,闪烁在大年夜黑黝黝的夜色中,闪烁在无边的荒原上,天苍苍,野茫茫,孤单却明亮。

另一件事是会杀一头猪,一半卖给各家老乡,一半留给知青过年。有肉吃,才会像是真的在过年。队口的冰灯,只有知青会产生一些似是而非的感觉,一般人对猪肉比对冰灯要感兴趣。由于平常的日子里,除了庆祝麦收和豆收,很少杀猪,年前杀猪成了我们二队的节日,很多孩子大人,还有我们知青,会围上去像看一场大戏一样看热闹。杀猪是个技术活儿,不是什么人都会杀猪的,也有愣头青的知青曾经跃跃欲试,但队上的头头都没有允许,别的活儿可以试,杀猪不行,一刀捅下去,猪要是不死,挣扎出捆绑的绳子,跳了出来,到处乱窜,劲头儿比发情的公猪还要无法想象,弄不好会伤人的。

所以,我们知青从来只是围观。一般是由我们队的一个外号叫作"大卵子"的副队长负责杀猪,年年杀猪,都只是他一人坐镇。他长得人高马大,此刻更是威风凛凛。他富有经验,胸前系着黑色胶皮的围裙,手持一把牛耳尖刀,一刀下去,猪立刻毙命。那劲头儿,总让我想起《儒林外史》里的胡屠户，有时也会觉得，有点儿像《水浒》里的杨志。要看"大卵子"当时的表现而定，如果是英气逼人，就像杨志；如果是牛哄哄，就像胡屠户。不管"大卵子"什么样的表现，每一年杀猪都会赢得满堂彩，没有出什么意外，算是进入过年之前最盛大的仪式中功德圆满的揭幕。

这一年，春节前杀猪，闹出一桩事。

"大卵子"刀起刀落之间，麻利儿地将一头猪杀完，又吹气剥皮，滴血剔骨，割下猪头，剁下猪脚，再掏干净下水，最后，将一开两扇的猪肉摊在案板上。这一系列的活儿，没有什么停顿，连贯如同行云流水，一气呵成。这是"大卵子"最得意的时候，横陈在案板上白花花红艳艳的猪肉，就像是他精心制作的艺术品，或是他任意摆弄的什么精巧的玩意儿，让他非常有成就感。他的注意力在刀上，他眼角的余光却散落在人群中，他要的就是人们哪怕是无语的惊讶，和张大嘴巴的赞叹。这时候，他俨然就是舞台上的主角，收获着台下观众的目光和掌声。

就在"大卵子"和人们的注意力集中在彼此的身上和案板上的猪肉的时候，割下来的那个还在滴着血的猪头，神不知鬼不觉地不见了。"大卵子"清点案板上下他的战利品的时候，才发现刚才放在案板下面的猪头不翼而飞，地面上，只剩下了一摊血迹。

一连几天，队上的几个头头，开始分头行动，寻找猪头。知青宿舍，老乡家里，豆秸垛中，场院席下，树窠子里面……角角落落，都找遍了，也没有找到。一个那么大的猪头，显山露水，能藏到哪里呢？它横不是藏在哪个知青的被窝里吧？队上头头发狠地这样说。

队上的头头没有找到猪头，却认准了一定是知青干的好事。这个判断，当然是没错的。不是知青，老乡谁也不会为一个猪头冒这个风险。一年，吃不着几回肉，馋得有的知青半夜里偷老乡家的狗，活生生杀掉，放上辣椒和大蒜，加上点儿盐，炖一锅吃，不是我们一个生产队发生过的事情。我们队一个上海知青，用弹弓打麻雀，或者趁着夜色掏鸟窝，架起火烧鸟肉吃解馋，也成为人们效法的前车与后辙。知青们当然都盼着过年杀猪呢，偷猪头是早就想好的事情，等着事过境迁以后神不知鬼不觉地到老乡家，或者到我们猪号那口烀猪食的大柴锅里，烀一锅烂猪头肉，美美地就着烧酒下肚呢。

一个外号叫作"野马"的北京知青，像是盗御马的窦尔顿一样，成为这次偷猪头的主角。

偷完猪头之后，他早料到队上不会善罢甘休，肯定要追查，所以，未雨绸缪，他把这个猪头藏在一个所有人都想不到的地方，然后，装作无事人似的，任队上几个头头走马灯似的到处乱找，自己闲看云起云落。

队上的头头气炸了，开大会宣布，如果年三十之前，把猪头交出来，既往不咎，如果不交出来，一定追查到底，一定要给偷猪头者严厉的处分。迫于压力，很多原来都想共享猪头的知青，开始松动了，纷纷劝"野马"，算了，别为了一个猪头，挨一个处分，塞在档案里，跟着你一辈子，不值当的。

最后，"野马"交出了猪头。他把"大卵子"带到我们猪号前的那口深井前。那口井有十几米深，井口结起厚厚的冰层，像座小火山，又陡又滑。"大卵子"杀猪行，爬井口这厚厚的冰层，很笨，跌了好几个跟头。猪头被"野马"藏在了井下。拽上来的猪头，冻得梆梆硬，结上了一层厚厚的冰霜，雪白雪白的，水晶一般，晶莹剔透，美过容似的，格外夺目。

这一年的春节，"野马"偷藏在井下的猪头，成为队上人们饭前的开胃菜，和酒后的谈资，成为这一年春节特别出彩的节目，比队口上的那几盏冰灯更加夺人眼球。

2021年1月16日于北京

老手表史记

上中学的时候，有一位女同学和我很要好。我们两家住在同一条老街上，几乎门对门，挨着很近。她常来家里找我，一起复习功课，一起读诗，一起聊天，一起度过青春期最美好的日子。

高二暑假过后，她来我家，忽然发现她的腕子上戴着一块手表。那个年月，手表是稀罕物，所谓"缝纫机自行车和手表"三大件之一。大人戴手表的都很少，我家生活拮据，父亲只有一块有年头的老怀表，却不是揣在怀中，而是挂在墙上，当成全家人都能看得到的挂钟。一个中学生戴块手表，更是少见，起码，在我们全班没有一个同学戴手表。

我知道，她出生在干部家庭，生活富裕，这从我们住的院子就可以看出。她家在推倒一片破旧的房屋盖起的崭新院落里，大门上方水泥拉花墙面嵌有一个大大的红五星标志，新时代的色彩很明显；我住一座清朝就有的老会馆里，拥挤破败得已经成为大杂院，大门更是早就油漆斑驳脱落。

那是1965年的秋天。她腕子上的这块手表，在我的眼前闪闪发亮，映着透过窗子照进来夕阳的光线，反着光亮，一闪一闪的，像跳跃着好多萤火虫，让我的心里涌起一股说不出来的感觉，仿佛读过的童话里贫儿望见公主头上戴着的闪闪发亮的皇冠。大概她发现了我在注视她的手表，对我说了句：暑假里过生日，我爸爸给我买的。说着，一把从腕子上摘下手表，揣进上衣的口袋里。这块手表，忽然让她有些不好意思。

这块手表，一直闪动着，伴随我们一起度过中学时代。高三毕业，"文化大革命"爆发了，学校停课了，大学关门了，前面的路渺茫，不知道等待我们的命运是什么。1967年的冬天，我弟弟先报名去了青海油田，是我们这一群人中第一个离开家离开北京的。那一晚到火车站为弟弟送行，她也去了。火车半夜才开走，她家大院的大门已经关闭，回不了家，只好跟着我们院子的几个孩子，一起来到其中一个孩子的家里，我们也都是同学，从小一起长大，彼此很熟悉。他家的屋子宽敞，家长很宽容，让我们几个孩子横倚竖卧地挤在各个角落里，度过那个寒夜。

在一张餐桌前，我和她面对面地坐着，开始还聊天，没过一会儿，就都困了，脑袋像断了秧的瓜，垂到桌子上，睡着了。一觉醒来，我看见她双手抱着头，还趴在桌上睡着，随着呼吸，身子微微地起伏，腕子上的那块手表，滴答滴答跳动的声音特别响，在安静的房间里清脆地回荡，像是有什么人迈着节奏明快的步子从远处走来。窗外，月亮正圆，月光照进窗子，追光一样，打在手表上，让手表成为舞台上的主角一般格外醒目。看不见她的脸，只看见她腕子上的手表，我仔细看着，看清楚了，是块上海牌的手表。

那一夜，这块手表的印象，成为我们分别的记忆定格。半年多之后的夏天，我们两人前后脚去了北大荒，我们两家各自的颠簸与动荡，让我们都走得那样匆忙而狼狈不堪，没有来得及为彼此送别，从此南北东西，天各一方，有怅寒潮，无情残照，断了音讯。

后来，我有了第一块手表。是块英格牌手表。是我的同学顶着纷飞的大雪，到前门大街上的亨得利钟表店排队帮我买的。

1974年的冬天，分别了整整七年之后，我和她阔别重逢。那时候，我已经从北大荒回到北京，在一所中学里当老师；她作为第一批工农兵大学生刚刚毕业不久，留在哈尔滨工作，从哈尔滨途经北京到上海出差，找到我家，尽管早已经物是人非，但我一眼看见她腕子上戴着的还是那块上海牌的手表，不知为什么心里竟然一动，仿佛又看见了中学时代的她，也看见那时候的我自己。那块手表成为我们逝去青春的物证或纪念。

我不知道她的这块上海牌手表一直戴到哪一年，我的那块英格牌手表，一直戴到1992年的夏天。那时候，我正从西班牙到瑞士，刚刚从苏黎世出海关，那块英格牌的手表突然停摆了。回到北京，拿到钟表店修，师傅说表太老，坏的零件无法找到，没法修了。想想，这块瑞士产的手表，居然在踏进瑞士国土的那一刹那突然寿终正寝，冥冥之中，实在有些匪夷所思。

人生如梦，转眼29年过去了，我的这块英格牌手表，一直压在箱子底，没有舍得丢掉。看到它，我会想起为我买这块表的那位同学，和那天清早天色蒙蒙中飘飞的纷纷扬扬的雪花。也会想起我的那位女同学和她的那块上海牌手表。几番离合，变成迟暮，一晃，我们都老了，老手表记录着我们从学生时代到如今五十余年绵长的友情。

很久没有联系了，年前一个大风天的下午，没有出门，座机的铃声响了，接到的竟然是她的电话，熟悉的声音，即使隔开那么长的时间，隔着那么长的电话线，还是一下就听出来了。我很有些意外，她说她的电话簿丢了，是偶然看见了她的一个三十多年前的老电话本，上面写的电话号码，都是她父亲的一些老同事和她自己的老朋友的，便给上面的每一个电话打打试试，看看还能不能打通，大部分都不通了，没想到我的还真打通了。

我告诉她，我的电话号码一直没变。手机和座机都没有变。我一直觉得，很多老的东西，是值得保留的，保留住它们，就是保留住回忆，保留住自己。逝去的岁月，再不堪回首也好，再五味杂陈也罢，就像卡朋特老歌唱的那样，它们能让昔日重现。所谓野渡无人舟自横，舟在，也便可能有人来乘舟，渡口的水便也荡漾起旧日的涟漪。

电话里，我们聊了很多，其中就有很多昔日的回忆，花开一般重现在电话筒里。我很想问问她的那块上海牌手表一直戴到哪一年。可是，在你来我往线头多得杂乱无章水流四溢的谈话中，竟然把这块手表的事给冲走了。放下电话很久，我才想起忘记问这块手表的事了。又一想，这块上海牌手表，已是老古董，她肯定早就不戴了。不过，我相信，能保留着老电话簿，保留着老朋友的友情，她一定也会和我一样保留着那块老手表的。

我想起当年曾经一起读过的济慈《希腊古瓮颂》那首有名的诗里面的诗句：

"等暮年使这一切都凋落，
只有你如旧。"
"你竟能铺叙

一个如花的故事，比诗还瑰丽。"

济慈的诗是写给一只古瓮的，写给我们的老手表——上海牌手表、英格牌手表，也正合适。

2021年1月10于北京

微不足道的相逢

1966年的秋天，我从北京到上海。那时候，流行"大串联"，学生坐火车可以不用买票。到了上海，第一站是去虹口公园看鲁迅墓。那时候，特别崇拜鲁迅，曾经囫囵吞枣读了十卷本的《鲁迅全集》，抄录了整整一大本的笔记。

怎么那么巧，在鲁迅墓前，居然碰见了我的一位同学，同班同学。和我一样的心情和心理，他也来此朝拜鲁迅。

高中三年，我们爱好相同，文学与文艺，让我们友谊渐生而日浓。在学校的文艺晚会上，我们两人一起表演过诗朗诵。演出效果不错，我们被请到中央人民广播电台去录音，朗诵的声音，通过无线电波播放出来，有些缥缈，好像不是我们的声音，而让我们都有些心旌摇荡。那是高三第一学期的冬天。第二年春天，我报考中央戏剧学院表演系，他报考中国音乐学院声乐系，乳燕初啼，双双通过初试和复试。相互告知后，我们是那样的兴奋，跃跃欲试，恨不得一飞冲天。整整一个春天，在校园里，我们常在一起畅谈未来，几乎形影不离。未来展开美好的画卷，就像眼前校园里的鲜花盛开，芬芳伴随着我们的青春芳华。

就在等待入学的时候，"文化大革命"爆发了。我们的友谊戛然而止。原因很简单，他高举起那时候流行的武装带（被称之为板儿带），抽打在我们学校老师的身上。不爱红装爱武装，那是那个时代里不少学生流行的标准化动作。我再也不想见到他。

在鲁迅墓前，竟然狭路重逢。墓前的鲁迅雕像，仿佛活了一样，目光炯炯，正在注视着我们。一时间，我们都愣在那里，不知说什么才是。他垂下头，我也垂下了头。

我们走到鲁迅墓的广场前一棵广玉兰树下，黄昏的阳光透过繁茂的枝叶，挥洒在我们的身上，斑驳跳跃着，迷离而凄迷。他先开了口，说他知道自己错了！他一直想找我说这句话。我看出，他是真诚的。我原谅了他。可是，从那以后，一别经年，我再也没有见过他。各自辗转插队之后，他曾经给我写过一封信，我也没有回信。

1992年的春天，我从福州回北京的途中，路过上海停了几天,参加一个会议,结识了一位年轻的新朋友。虽然与1966年相隔了26年,到上海,我最想去的地方没有变,还是虹口公园的鲁迅墓。他知道了我的心思,说和我一起去。我知道,年青的一代,不少已经没有当年我们对鲁迅近乎顶礼膜拜的感情,他们对鲁迅和萧红之间的感情更好奇更关心。他是好心,想陪我。而我却是重游故地,捡拾旧梦,所谓三月烟花千里梦,十年旧事一回头。不过,不只是十年,而是26年矣!

在鲁迅墓前,我对这位年轻的朋友,讲起26年前的旧事。我问他,我从此再没有见这位同学,是不是做得有些绝对?他不置可否,只是说了句:其实,你并没有原谅他。然后,又补充说了句:那时候,你们还没有我现在年纪大呢!

我不再说话,知道他是委婉地表达自己的意见,也是委婉地批评了我的做法。但是,心里想的是那朝老师身上抡下来的皮带头,是大大的铜扣呀。铜扣!怎么下得去手?很多的事情,是难以忘记的。不过,他说得也是,那时我们都还年轻呀。据说列宁说过,年轻人犯错误,上帝都可以原谅。况且,年轻时候,你自己就没有犯过错吗?

这么一想,不知怎么的,望着鲁迅雕像,心里忽然冒出这样的念头,如果这时候我的这位同学能够出现,就像26年前那个秋天的黄昏一样,在这里有一个意外的

天佑教堂　Ruxing 2020.11.17.立冬

相逢，该多好！已经过去了26年，我们从18岁到了44岁。青春早已不再。鲁迅还在，只是雕像，青春不老，看尽往来人。

离开鲁迅墓，来到广场前一排广玉兰树下，已经不知道哪一棵是26年前的那棵广玉兰了。那些广玉兰树长得都很相似，如人群簇拥而立，让回忆一下扑面而来，又似是而非，遥远而朦胧，不那么真实似的。

忽然，我指着一棵广玉兰上的一枝垂挂下来的叶子，对这位年轻的朋友说：你能够着它吗？他一跃而起，轻松地够着了枝叶，顺手还摘下一片叶子，递给我。不知为什么一时兴起，竟然不甘示弱一般，我也跟着朝树上使劲儿地蹦了一下。但是，我没有够着枝叶，眼前只是一片绿荫蒙蒙，天光闪闪。

日子过得飞快，到今年转眼29年又过去了，虽然到过上海多次，却再也没有去过虹口公园看鲁迅墓。很多原来以为能如花岗岩一样坚固持久的感情与心情，经不住时间的磨洗，日渐稀释而风化。

偶然间，读到俄罗斯诗人阿赫玛托娃一首题为《我很少把你想起》的诗。她在开头的一段写道：

> 我很少把你想起，
> 也不迷恋你的命运，
> 可那微不足道的相逢，

> 刻在心中抹不掉的印记。

我忽然想起了1966年秋天的那次相逢,过去了漫长的55年,但也真的是"刻在心中抹不掉的印记。"

阿赫玛托娃在这首诗的最后一节写道:

> 我对未来施展秘密的魔法,
> 倘若黄昏天色蔚蓝,
> 我预感到第二次相逢,
> 预见那逃不开的重逢。

阿赫玛托娃的这首诗是1913年写的,和我的1966年的相逢,毫不相干,我却顽固地想起了那年鲁迅墓前的相逢,即使是微不足道的相逢,也说明虽然已经过去了55年,我并没有忘记我的这位中学同学。其实,也是没有忘记我自己的青春。我对未来没有任何魔法可施,也没有什么诗人魔咒般的预感,但是,我一样渴望第二次的相逢,即便很少把你想起。相逢1966年那位我的中学同学,也相逢1992年那位年轻的朋友。

期待相逢时黄昏天色蔚蓝。

2021年1月8日于北京

起士林忆

天津好吃的餐馆有很多,很奇怪,唯独两家印象最深:中餐馆登瀛楼,西餐馆起士林。可惜的是,如今,登瀛楼旧址不存,便越发显得一直坚守在原地不动原味不变的起士林的珍贵。

第一次到起士林,是二十世纪八十年代之初。那时候,我爱人在天津工作,尚未调来北京,孩子还小,跟着妈妈。我在中央戏剧学院读书后留校任教,便常利用寒暑假和节假日到天津看望他们娘俩。白天,妈妈上班,我便带着孩子瞎转悠,不知怎么的,就转到了小白楼,看到了起士林的小洋楼。那时候的起士林装修不豪华,一楼零售面包之类的西点,二楼是餐座,很简朴疏朗,客人不多,价格很便宜,记忆中几块钱就够我们两人吃的了。当然,那时我每月的工资也才只有47块半。

起士林的红菜汤、罐焖牛肉和奶油杂拌，是孩子最爱吃的，便成了我们必点的经典菜式。以后，只要我从北京来到天津，必要带孩子到起士林。

那时候，漂泊的流浪汉一般，我到天津只能借住他人之所，暂且栖身。住过的地方很多，其中有一年暑假住在孩子的大姨家。大姨看我们东奔西走住别人家，心里有些不落忍，说还是住自己家里来吧，便腾出自己住的大屋，让我们一家三口住了进去，自己住进小屋。我心里很是感动。暑假快要结束，临离开天津时，为表示谢意，我请大姨和大姨夫去起士林吃西餐。他们虽然在天津，大概也很少去起士林，去的那天，特意穿戴整齐，大姨穿着一条漂亮的裙子，衬托着一双亭亭玉立的长腿。穿丝袜的时候，不知怎么搞的，丝袜断了丝，漏了个小洞，很有些心疼，还是匆忙地和大家一起到了起士林。上楼梯时，我看她还在不住地瞅自己的腿。那个年月，改革开放不久，丝袜是从广东那边买来的，也还是稀罕物呢。西餐，同样也是，尽管起士林的历史很悠久了，从末代皇帝溥仪到枭雄袁世凯到文人俞平伯等诸位，常光临那里觥筹交错的都是名角要员，一般人谁去那里开洋荤呢。"文革"期间，起士林更名为天津餐厅，连这个洋人的名字也是犯忌的呢，一般人更是对它敬而远之，后来改卖包子，更是令人啼笑皆非。时代的变迁，对于我们普通人，都是在这样细小的事情上，看出端倪，感受到温度。就像风吹过来了，会吹动我们的头发，吹动家里的窗帘，让我们感到凉爽或炎热。

一晃，孩子长大了，就看出我们老了。孩子上大学的时候，已经到二十世纪之末。那时候，几乎每年的春节前后，我们一家三口都来天津拜年。孩子大舅的女儿正上中学，我便带着这两个孩子，一起到起士林吃顿西餐，顺便逛逛小白楼。还是老三样：红菜汤、罐焖牛肉和奶油杂拌。餐后甜品，要两块蛋糕，我要一杯咖啡，两个孩子各要一份冰激凌。虽然吃了那么多次的老三样，依旧觉得好吃，美味无比。蛋糕要比一楼卖的精致，咖啡非常好喝，是用真正咖啡豆现磨的，奶油是真正的鲜奶油，很浓，很香。

那时候，餐厅中央放着醒目的德式大啤酒桶，在卖现榨的鲜啤酒，四周的人依旧不是很多，很幽静，室外的喧嚣被结结实实地挡住。灯光闪烁中，有舒缓的音乐如水荡漾起温柔的涟漪。那种氛围，很适合怀旧。我想起这些年来和孩子在起士林的桩桩往事，日子也像水一样流逝，流逝了我整个的青春，生命的循环，转眼到了孩子的青春时节。涧深松老忘荣谢，天阔云闲任卷舒，起士林就是最好的见证，只是它阅尽春秋，不动声色。

同时，我也感到，经历了如此悠久岁月的这家老餐厅，尽管德式的味道已经有些改变，但是，在时代几度变迁动荡之中，还能在原址浴火重生，坚持到如今，生命力足够顽强，实在是不容易的事情。我们很多老字号的餐馆也好其他买卖也罢，经历百年沧桑之后，无论是被毁于战火，还是让位于建设，原址早已不存，登瀛楼就是实例。而在国外，这样有着悠久历史的老店铺，保存完好的却非常多。即使在日本那样窄小的地方，那些再逼仄简陋的老店，也会世代经营，像一个个的活标本，从历史长河中走到今日。在整个天津，起士林真是一个奇迹。

北京也有很多家西餐馆，老的如六国饭店里的西餐厅，劝业场里的裕珍园，陕西巷里的醉琼林，大栅栏里的二庙堂等，如今都已不存。新中国成立后的新桥、老莫，乃至更晚的马克西姆，都年头不长，无法和起士林比。今年，是起士林建店120周年。漫长的历史，让起士林有了岁月的包浆，到那里吃饭，不仅有菜品绵长的味道，更有时光流逝的回味——而且，因每人记忆不同而让回味为自己独有。

2021年1月3日于北京

千行墨妙破冥蒙

2020年过去了。这一年，疫情在全世界蔓延，世事与人生都发生意想不到的变化。这一年，我哪儿都没有去，闭门宅家，除读书写作，打发寂寥时间的，便是画画。尽管画得不怎么样，却几乎天天在画，一本接一本，废纸千张，乐此不疲。

想起十四年前，2007年大年初一，在京沪高速公路，意外出了一次车祸。我在天坛医院住院，一直住到五一节过后才出院。医生嘱咐我还需要卧床休息，不可下地走动。窗外已是桃红柳绿、春光四溢，终日躺在床上实在烦闷无聊，我想起了画画，让家人买了一个画夹、水彩和几支笔，开始躺在床上画画。

我喜欢画建筑，画街景，借了好多画册，照葫芦画瓢。最喜欢奥地利画家埃贡·席勒（Egon Schiele）。那时，我对他一无所知，不知道他和赫赫有名的克里姆特齐名。我看到的是席勒的画册。那本画册，收集的都是席勒画的风景油画。在那些画作中，大多是站山顶俯视山下绿树红花中的房子，错落有致，彩色的房顶，简洁而爽朗的线条，以及花色繁茂的树木，异常艳丽，装饰性极强。我也不知道他画的都是他母亲的家乡捷克山城克鲁姆洛夫。同时，我更不知道，也没有看到他浓墨重彩的重头戏——人体画，更以出尘拔俗的风格为世人瞩目。

但席勒是我入门建筑和风景画的老师。2007年的春天和夏天，趴在床上，在画夹上画画，画的好多都是学习席勒的画。花花绿绿的油彩涂抹在床单上，成为那一年养伤时色彩斑斓的记忆。

我从小喜欢绘画，尽管从小学到中学美术课最好的成绩不过是良，但这没有妨碍我对于美术的热爱。那时候，家里的墙上挂着一幅陆润庠的字，和一幅郎世宁画的狗。我对字不感兴趣，只觉得画有意思，那是一幅工笔画，装裱成立轴，画面已经起皱，颜色也有些发暗。我不懂画的好坏，只觉得画上的狗和真狗比起来，又像，又有点儿不像。说不像吧，它确实和真狗的样子一样；说像吧，它要比我见过的真狗毛茸茸的要好看许多。这是我对画最初的认知。

读小学四年级的一个暑假，我去内蒙古看望在那里工作的姐姐，看到她家里有一本美术日记（那是她被评为劳动模范的奖品），里面有很多幅插页，印的都是新中国成立以来一批有名的美术家新画的作品，有油画，有国画，还有版画……我第一次认识了那么多有名的画家，见到了那么多漂亮的美术作品。尽管都是印刷品，却让我感到美不胜收，仿佛乘坐上一艘新的航船，来到了一片风光旖旎崭新的水域。回北京之前，姐姐看我喜欢这本美术日记，把它送给了我。

其中吴凡的木刻《蒲公英》，印象至深：一个小姑娘跪在地上，一只小手举着一朵蒲公英，噘着小嘴，对着蒲公英在吹，那么可爱，充满对即将吹飞的蒲公英好奇又喜悦的心情，让我感动。六十多年过去了，2019年年底，在美术馆看展览，第一次看到这幅《蒲公英》的原作，站在它面前，隐隐有些激动，仿佛看到自己的童年。

尽管画得从不入流，但就像喜欢音乐却从不入门一样，并不影响我入迷。如今，无论有机会到世界哪个地方，到那里的美术馆参观，是首选，是我的必修课。我觉得画画是那么的好玩，会画画的人是那么的幸福快乐，那么的让人羡慕！比起抽象的文字，绘画更直观更真切，展现出的世界，更活色生香，更手到擒来。即使不懂文字的人，也能一下子看懂绘画。这一点，和音乐一样，都是人类无须翻译就能听懂看懂的语言。

画画，成了我的一种日记。特别是2020年疫情发生以来防疫宅家的日子里，画画更成为一种必须。何以解忧，唯有画画。"一室茶香开澹黯，千行墨妙破冥蒙。"这是柳如是的一联诗，真的，确实是千行墨妙破冥蒙，茶香可以没有，墨妙帮我度过这一年。

其中2月18日，我画了席勒，是用水溶性彩铅临摹了席勒的油画《家》。这是席勒生前画的最后一幅画。一百年前的1918年那场西班牙大流感中，席勒一家三口不幸染病，先后死亡。席勒在临终前几天，完成了这幅《家》。没有比家的平安更让人牵心揪肺的了。4月8日，武汉解封的那一天，我又画了席勒，是用钢笔和水彩临摹席勒画的一幅人体油画：一个孩子扑进妈妈的怀抱。现在，我自己都很奇怪，今年这场世界性的灾难中，为什么席勒总会出现在我的画本上面？我忍不住想起了十四年前，躺在病床上，第一次看席勒的画册，第一次模仿席勒的情景。冥蒙之中，绘画有着一些神秘莫测的东西。

疫情稳定之后，有时候，我愿意外出到公园或街头画画速写。画速写，最富有快感，特别面对的是转瞬即逝的人，最练眼神和笔头的速度。常常是我没有画完，人变换了动作，或者索性走了，让我措手不及，画便常成为半成品。也常会有人凑过来看我画画，开始脸皮薄，怕人看，现在我已经练就得脸皮很厚，旁若无人，任由褒贬，绝不那么拘谨，而是随心所欲，信马由缰，画得不好，一撕一扔，都可以肆无忌惮。乐趣便也由此而生，

冬天的我过圣诞节写诗，冬天的我等待春天开始
PuXiNG 2020年岁末

所谓游野泳，或荒原驰马，天高风清，别有一番畅快的心致。

前些日子，偶然看到日本导演北野武的一篇文章，他写了这样一段话："我从小就喜欢画画，但真正认真起来画画，是1994年那场车祸之后。那时，我都快50岁了，因为车祸，在床上躺了一个多月，半边脸瘫掉，实在太无聊啦，就开始画画，只是为了好玩……但说实在的，我的水平还不如小学生，全凭感觉随便画画，完全谈不上技术……其实，人怎么活得不无聊，这个问题的关键还是在于自己，不要为了别人的眼光而活。如果自己觉得人生过得有意思，那即便是身无分文，只要有地方住，有饭吃，能做自己喜欢的事情活下去，这样也就足够了。"

我惊讶于北野武的经历和想法，竟然和我一样。同样的车祸，同样的由此喜欢上了画画，同样画画水平不如小学生却觉得好玩和有意思。虽说是大千世界，茫茫人海，更芸芸众生，其实，很多的活法、想法和做法，是大同小异的。

2021年元旦试笔

附录：格律诗 70 首

庚子画本自题

废纸千张乐不疲，万行墨妙未相欺。
秋风乱染黄花意，春水羞存白雪期。
一夜苍茫笔憔悴，满街空荡画迷离。
解忧唯此平心事，宿墨残笺对路歧。

2021年元旦试笔于北京

读竹久梦二

冬夜拥衾读画眠，云浮月影带寒烟。
长衣细颈花孤落，东邪西毒草自怜。
浊世迷津一天雨，青衫红袖半生缘。
独看梦二美人图，梦里阑珊梦外圆。

2021年1月5日小寒

武汉封城周年

风雨惊心这一年,去年今日倍悽然。
山河痛记早樱泪,世事敢忘夜笛天。
玉悼金悲诗涌雪,鹤飞云落梦飞烟。
天涯旧约空相待,万里茫茫隔海船。

2021年1月23日 于北京

庚子文本自题

灾年已是乱惊魂,家酿居然酒满樽。
书上徒余心上事,指间多有笔间痕。
梅残散尽香何在,梦断飞空影几存。
敝帚羞从自珍处,双手燕落旧时门。

2021年2月3日立春于北京

李文亮周年祭

春忘冬雪夏忘秋，天易无情逝水流。
满树晚樱雨前落，一声早笛忆中留。
星河北斗隔新子*，夜烛西窗剪旧愁。
黄鹤千年虽远去，白云依旧绕高楼。

2021年2月6日

辛丑大年初一记

也无星月也无风，飞雪唯须问塞鸿。
春酒迷离白加绿，彩灯寂寞翠闪红。
雾霾一夜疑云外，焰火漫天叹梦中。
幸有水仙三两朵，清香犹与往年同。

2021年2月12日

* 新子：李文亮的孩子落生。

破五偶思

踏荒马上走荒原,相别居然五十年。
化雪难寻前日梦,残书谁记旧诗篇。
花迟未觉春色晚,夜暗偏思秋月圆。
三两疏星云外落,一声何处雁鸣天。

2021年2月16日

过年杂兴

过年连日一人无,枯树拂窗枝影疏。
有梦睡前浅倾酒,无聊灯下乱翻书。
老呼旧燕风摆柳,新摘清蔬水煮鱼。
挥笔重抄少年句,残笺宿墨意非初。

2021年2月18日雨水

早春天坛即兴

一弹指顷去而今,已是满园春意深。
别后藤萝花逐梦,书来云雨字追心。
风回人隔斋宫院,日落鸟归松树林。
行到沉沉神乐署,也无韶乐也无琴。

2021年2月22日

细雨杂兴

连天多雾又多霾,大雪整冬呼未来。
灯火三更疑客至,雨风一夜梦花开。
聊斋已就青凤塚,废圃曾经红舞台。
世味年来薄如水,阶前更是湿苍苔。

2021年3月1日雨后

七十四岁生日自题

紫砂老罐自家存,雨后新茶寄远村。
花发曾红故园路,草萌又绿旧堤痕。
残窗犹待非春梦,浊酒难平是漏樽。
谁伴烟云一溪去,满庭月影对灯昏。

2021年3月9日于北京

读李斌巨幅油画《正义路一号》

梦飞梦落起红焰,物是人非四十年。
隔世相看羞作恨,平生自省悔应惭。
千山已过难归鹤,万水长流不入天。
正义路前花又放,一弯冷月对谁怜。

2021年3月12日夜雨中

春枝聊寄

折取春桃寄一枝，新苞点点点胭脂。
桃红玄观人去后，发白黄昏花落时。
朱紫衣裳浮世事，阴晴山水自然诗。
了无旧识清香意，故地是谁犹所思。

2021年3月24日

读《聊斋》黄英篇

杏花落雨读黄英，别有马郎分笑声。
东食夜来向西宿，菊枯酒尽换人生。
粗衣临水看犹湿，贪嘴沾腥吃欲惊。
醉傍醉陶醉何处，富婆永远最年轻。

2021年3月26日细雨中

读《聊斋》葛巾

仙梯三转度红墙，一别枕衾生异香。
掘地情从银外意，挺身敢对寇中枪。
牡丹两本费猜忌，世事百年多感伤。
到底花妖无限恨，徒留玉版葛巾长。

读《聊斋》王六郎

独酌且渔鱼满网，只因酒亦酹河殇。
并非醉鬼幽情少，别有仁心善意长。
踏遍浪涛知跌宕，洞穿世味感炎凉。
水神狐魅人间事，冷暖还看王六郎。

2021年3月28日沙尘暴中

读《聊斋》王者

先收美发后收银,震虎敲山动锦鳞。
红线女魂警贪虐,皂衣鬼魅斥沉沦。
剩存神话照妖镜,留取文章课世人。
王者归来何处立,秋坟吟处草如茵。

2021年3月29日

颐和园永寿斋白桃盛开即兴

重访故园逢落霞,故人却远在天涯。
斋前一地花如雪,云上盈枝雪似花。
万寿山曾存旧梦,九重檐已识新鸦。
方门记得当年事,白发白桃相对嗟。

2021年4月1日颐和园归来

复华十年清明祭兼寄青海诸友

人去十年人断肠，魂归故里在敦煌。
红楼隔雨天相远，青海连心意自长。
又到清明哭陵寝，还来浊酒赋诗章。
苍山一道同云雨，只是月明时两乡。

2021年4月3日清明前一日于北京

自画自题

秃笔一支床半书，添香谁用美人扶。
临窗乌墨陶诗录，落日紫藤桑葚涂。
不过心情闲尚在，其实风景老先无。
乐天早有怜思句，荷露虽团岂是珠。

2021年4月6日晨

超美三妹寄孝感麻糖

青春同梦不同乡,岁月匆匆共落阳。
纵道有云无雪雨,何由无意有炎凉。
一时偶语随风远,三妹居然记忆长。
滋味十年谁拾取,至今唯我吃麻糖[*]。

2021年4月9日

拙政园十八曼陀罗花馆漫兴

曼陀罗早已空嗟,立馆凭窗感岁华。
侵雨旧墙侵旧迹,落霞新树落新花。
朱弦虽断声犹在,青鸟欲来风正斜。
一地可怜梦中影,山茶暗换品春茶。

2021年4月15日苏州归来

---

* 只是偶然一句玩笑,超美连续十年寄我孝感麻糖。

偶见八年前和高高合影

书间旧照八年前,往事如烟叹逝川。
细草微风曾远岸,闲云淡月已中天。
谁知异国春飞雪,正是他乡梦泊船。
谷雨时分偏不雨,西窗夜烛夜难眠。

2021年4月20日谷雨

过花市

悠悠花市又重游,不见花开只见楼。
重鼓响锣满天吼,绿衣红袖一街走。
诵经香客去犹远,画梦痴人今未休。
曾是当年求学路,路前豆汁味先馊。

2021年4月28日

花市上学路忆旧

八年上学路蜿蜒，心乱几多风雨牵。
白首镜中鬓飞雪，青春忆里梦迷烟。
蟹提一母公三只，书背半街诗百篇。
转眼居然前世事，纷纷已是落花天。

2021年4月29日大风

立夏记梦

本是云清月色沉，风来偏有梦缠心。
迷途歧路日常见，野渡荒津夜亦吟。
断笛飞天难入曲，落花惊鸟不归林。
骤然万里冰霜至，谁踏茫茫乱雪深。

2021年5月6日沙尘天

小京手抄诸友旧诗读后

旧诗五十几年存，象管素笺新墨痕。
羞读青春小资梦，愧从白雪大荒魂。
放歌曾有楼台会，纵酒已无炉火温。
到底小京情意重，少时燕子向黄昏。

2021年5月10日

五月杂兴

昨夜诗抛倦枕旁，世间哪里好篇章。
繁花暮落蜂蝶远，小市晨归烟火长。
何处锦笺书意气，谁人浊酒话家常。
清风瘦竹疏枝影，依旧幽幽探旧窗。

2021年5月17日

广州豪雨中闻袁隆平逝世

敢将天下哭斯人，羞却几多官冕身。
魂作一生一株稻，梦回万亩万年春。
未应扇底歌独舞，宁与田间农共尘。
豪雨知时和泪落，哭袁前世哭灵均。

2021年5月24日广州豪雨中

重到广州

相见时难别亦难，广州五月夜凭栏。
珠江桥下梦相忆，燕子岩前影独看。
古港扬帆归已老，新花逢雨落犹残。
去年惆怅人送地，灯火阑珊星斗寒。

2021年5月26日广州归来

怀陈仲甫

一件衬衣无数虱,五重牢狱毕生艰。
不羁之马仰天啸,顽石为文比石顽*。
孤卧孤村魂不散,独吟独秀梦犹还。
书生意气浮沉叹,痛史当年待补删。

2021年5月28日

邱方新书读后以赠

冬写水仙春玉兰,一书二十四番宽。
华师异木棉相忆,环市腊肠花独看。
不竞不随万事足,有诗有画一生安。
文章世上争娇媚,在野风花别样欢。

2021年5月30日

* 顽石为陈曾用笔名,尾句为陈寅恪诗。

初夏偶题

未出榴花绿满阴,不禁又去一年春。
破书成束诗中梦,残月临窗影外人。
野草荒原忆狐魅,疏灯细语诉风尘。
绝无消息传青鸟,只是偶思福利屯[*]。

      2021年6月8日于北京

[*] 福利屯,黑龙江最东北处火车站。当年去北大荒在此下车。

端午两首

一

端午霏霏细雨时，乱丝扑面落参差。
龙舟浪去应归晚，角粽熟来犹叹迟。
萱草尽遮庭后路，露珠倾湿梦中诗。
一声何处相思曲，清韵满天花满枝。

2021年6月14日端午细雨中

二

琵琶常是虚遮面，欲雨还晴湿又干。
流水深知山有意，落花不觉树犹寒。
一天风霜等闲去，万里画图无尽看。
醒墨只须缘半点，何须颜色入时欢。

2021年6月16日细雨中

夜梦和老朱龙云驱车长夜醒后感兴

细雨长街雾气浓,老门深院梦朦胧。
不知何事走远路,只感无由寻夜空。
马上踏荒曾逐日,花间穿月已惊风。
青苔暗湿西窗外,梦落枯灯寂寞红。

2021年6月17日

想念高高得得

兄弟相登上水船,牛奔兔跃草生烟*。
林中探险双飞渡,池里争游一箭穿。
拾贝浪来听大海,读书夜去梦长天。
榴花又放咱家院,风过香留待月圆。

2021年6月19日风中

* 小哥俩一个属牛一个属兔。

《永远的高三四续集》读后

汇文奇迹高三四,史记斯书更记心。
风雨青春多远念,师生白首共长吟。
秋来新月思茶满,雪落故人逢酒深。
无是无非无芥蒂,有诗有画有幽琴。

2021年6月24日

六月夜吟

细雨霏霏夜似烟,梦回麦熟杏黄天。
有云纵使能追月,无马何由紧著鞭。
神女归山薄情雾,妖狐渡水满花船。
风波万里人间事,忽见紫薇开自怜。

2021年6月29日夜细雨中

答德智兄长信

羞对黄兄苦下功，学书晒网打渔翁。
千张纸废羊毫尽，半世林深鹤顶红。
须见闲章名姓外，宜分墨色淡浓中。
唯君长简云间至，清爽犹如雨后风。

        2021年7月2日雨后

接小京《天坛六十记》读感见赠

梦烟书影雨初晴，诗寄云中感小京。
犹记前年老风景，还看今日旧心情。
斋宫曾有清水出，神署已无韶乐鸣。
相聚祈年殿前望，回音壁唤幼时名。

        2021年7月4日星期日

读汪曾祺《岁寒三友》

风来雨去且从容,卖却珍奇为弟兄。
三块田黄三种命,一腔血碧一生情。
林深啼鸟客犹睡,水浅落花鱼不惊。
金石得如心可贵,岁寒大雪静无声。

2021年7月5日晚大雨中

七二零*感赋

青春多梦梦成空,七二零今立院中。
落寞窗前雨丰沛,迷离雾后夜朦胧。
云浮远近思闲草,天隔阴晴叹乱蓬。
人世间曾多少事,霜来雪去且从容。

2021年7月21日雨后

---

* 1968年7月20日,离开北京到北大荒。

十七年前访西打磨厂旧片观后

十七年前打磨厂,深街旧院话沧桑。
当时人景尚未老,今日雨风俱已凉。
空馆独悲朱墨变,乱花谁叹紫红忙。
鱼鳞瓦上层层浪,衰草萋萋落夕阳。

2021年8月1日风中

德智张青夫妇来访感而成吟

多谢车因故旧停,打车滴滴赖张青。
一条长幅跑远路,百尺老街磨世情。
笔底隶书宗汉魏,樽前清梦录诗经。
人生幸有君长伴,雨打风吹共细听。

2021年8月2日

题扎旗北京知青展览馆

陌上少年今白头,青春展览馆中留。
遗精透夜羞前梦,挥汗顶风思旧游。
雪暗欺肩念乡里,云深踏浪忆惊舟。
香山非独京城有,一样曾经鬼见愁*。

2021年8月9日大雨中

黄昏吟

人生如梦梦先垂,转眼一头双鬓丝。
雪满荒原人去后,花疏野岭雁来迟。
每于深感黄昏后,最是难忘白夜时。
遥望儿孙放学路,校车披戴晚霞诗。

2021年8月16日

---

*扎旗当年有三个公社,香山公社是其中之一。

《我这九十年》读后并为束沛德先生九十寿

儿童文学一生忙,九十风霜染夕阳。
鸿爪雪泥留岁月,蝇头鹤发课文章。
深枝著子多新熟,幽谷开花晚后香。
龙套情缘不辞老,秋光依旧似春光。

2021年8月25日于北京

高万春校长五十五年祭

五十五年高万春,如今谁忆且伤神。
汇文堪比花盈树,聚武翻同月满尘。
棋烂柯枯疑乱世,水穷帆尽叹迷津。
正逢校庆团团日,旧梦可曾惊后人。

2021年8月28日阴雨中

重到天坛时隔三个月矣

秋来暑气见初消,重上天坛慰寂寥。
金殿梦中多惆怅,玉簪柏下自逍遥。
乐飘神署别青鸟,云起圜丘接碧霄。
行到百花亭下坐,海棠空间绿枝摇。

2021年9月3日天坛归来

重到天坛(二)

天坛来去几重游,转眼清凉又是秋。
曾有明月松间照,已无石上玉泉流。
藤萝花落惊旧梦,薜荔雨侵怜白头。
到底森森多古木,绿荫如水洗闲愁。

2021年9月4日细雨中

白露梦记

秋晚依依梦去迟,蔷薇花满殿春枝。
老屋霜径疏灯后,深夜寒星细语时。
东院有风吹旧笛,西窗无雨落新池。
浮生聚散谁相忆,白发孤吟白露诗。

2021年9月8日白露后一日

颐和园桂花正开

为寻金桂踏秋尘,仁寿殿前香逐身。
把酒不思今日事,对花犹忆早年人。
一天云雨惊雷远,半局棋枰悔子频。
谐趣园中逢故旧,老荷落照独伤神。

2021年9月17日颐和园归来

辛丑中秋自吟

不必长吟白玉盘,素娥谁信是婵娟。
缤纷桂子随风客,憔悴兔爷连药烟。
山外云浮昏欲梦,江心月落醉忘天。
中秋饼馅频繁换,白发樽前又一年。

2021年9月21日中秋月明时

秋雨夜梦

老街老院老时光,一梦穿心雨扑窗。
深院曾经花寂寞,小街已是月凄凉。
荣枯酒醉江湖远,聚散诗吟日夜长。
且把残灯拟红豆,蒹葭风里正苍苍。

2021年9月24日绵绵秋雨中

秋雨漫兴

今年秋雨总缠绵，一夜轻寒掠淡烟。
闹市还争流水席，闲庭已枕落花眠。
清茶细品多苦味，浊酒浅倾唯乐天。
莫向西窗帘后望，东篱犹待菊黄前。

2021年10月3日秋雨中

看小铁一家2019年回京相册

相册年留昔日游，清香桂子又知秋。
老街依旧长百米，新竹而今高半头。
万里霜天盼归雁，一江春水望回舟。
梦中犹记朦胧夜，携手重登烤肉刘。

2021年10月5日

汇文中学一百五十年即兴

一

汇文无笔注春秋,桑海百年风雨稠。
桃李飘零未成梦,校园跌宕不沉舟。
云烟碧血同青史,霜雪朱颜共白头。
得见谁修老船板,整帆重上旧时楼。

二

今年校庆有新章,传令行头统一妆。
北海龙亭水中影,西装领带镜前光。
本来绿醑家厨酿,却是红楼御膳房*。
节物已随花事改,秋风无语立斜阳。

2021年10月7日北京

---

* 三联改徐渭诗句:药沉绿醑家厨酿,霜折红蕉道观房。

颐和园重阳前游记

时过寒露近重阳，迟桂犹存淡淡香。
远水无帆来好梦，深秋有雁越枯塘。
知鱼桥上霜初白，邀月门前叶已黄。
记得那年画中游，青春作伴正还乡。

2021年10月12日

送邓灿住养老院

青春对酒别潇湘，半世奔驰北大荒。
一骑尘中心尽力，百年梦里病先伤。
放歌不唱楼台会，挥笔犹书纸墨长。
已是秋深惊岁晚，相依幸老有陈娘。

2020年10月6日

旧书处理后记

燕子衔泥本本书，而今满屋又何如。
梦中锦绣天曾阔，纸上荒芜业已疏。
未必多情怜故旧，只存余忆笑当初。
不如散与他人手，岁月沉沉拾一车。

2021年10月13日

天坛即兴

银杏未黄秋欲深，歌天舞地任浮沉。
青春梦里折子戏，白发面前儿女心。
一片云曾失荒路，万重雨已落空林。
纷纷燕鹊惊声起，古木影中谁抚琴。

2021年10月15日天坛归来

重游潭柘寺

深山古寺又重游,银杏千年叶叶秋。
香火已非前度景,神祇还在最高楼。
人间黑白声色乱,梦里紫红云水流。
残照落霞对憔悴,晚风老树自悠悠。

2021年10月22日潭柘寺归来

高高十二岁生日

头番新笋谱新章,十二岁时春正芳。
帆去风中忧水远,雁来梦里叹天长。
榴花初夏开空夜,枫叶深秋落满窗。
端上蛋糕生日面,可怜不得共孙尝。

2021年11月3日于北京

姐姐发来儿时旧照 *

七十年来一瞬间，儿时旧影梦中还。
深灯肯照泪边泪，长路不知山外山。
萧瑟霜风吹白发，沧桑雨雪换朱颜。
鲜鱼口内寻联友，故地惟存冷月弯。

2021年11月4日于北京雾霾天

辛丑初雪即兴

初雪并无初吻痕，压枝却有断魂音。
春前密语羞遮掩，暮后幽情费探寻。
帆落已随碧空尽，鸟惊欲没白云深。
莫吟旧事思关外，一样天花两样心。

2021年11月7日雪中

---

* 姐姐去内蒙前带我和弟弟在鲜鱼口联友照相馆所照。

颐和园霁清轩小记

霁清轩内静幽幽，午后阳光不胜柔。
花木凋零秋已远，风云寥落影还留。
绿廊苍石忆往事，红粉青衣吟旧游。
可惜清琴峡无水，空弦空奏韵空流。

2021年11月12日颐和园归来

复华十年祭

十年生死两茫茫，一别至今风正长。
大漠孤烟思井架，冷湖疏月忆泥房。
春歌频换宫商调，夜舞剩留红粉妆。
远避尘嚣上天上，安魂还是在敦煌*。

2021年11月22日小雪

* 复华临终遗言，骨灰埋在敦煌。

《金瓶梅》读感

情色翻将孽海音，兰陵写尽是人心。
西门隔世欲未散，东水连山云不深。
绿袖粉头非独舞，红楼玉玺亦相吟。
金瓶梅落谁家院，永福寺前凉月沉。

2021年12月7日大雪

偶见旧友旧照

西窗无烛月徘徊，碎影流年两剪裁。
风雨惊心老花木，烟云过眼旧楼台。
长门短别春前去，暮雪晨霜梦里来。
落叶翩翩难扫尽，依依只是满尘埃。

2021年12月13日

孙犁先生逝世二十周年有怀

幕落夜深人散时,疏灯细语诉相知。
霜风犁破三千纸*,雨雪吟成一世诗。
铁木栖鸦别前传,书衣化蝶立新枝。
清洁笔墨清洁意,洗砚依然尽可思。

2021年岁末于北京

---

*霜风犁破三千纸,改闻一多诗:唐贤勘破三千纸。